Sagen von der Alhambra

Washington Irving

Impressum

Autor: Washington Irving
Übersetzung: Adolf Strodtmann
Umschlagkonzept: toepferschumann, Berlin

Verlag: tredition GmbH, Hamburg
ISBN: 978-3-8424-1225-5
Printed in Germany

Tucholsky Wagner Zola Scott Sydow Freud Schlegel
Turgenev Wallace Fonatne
Twain Walther von der Vogelweide Fouqué Friedrich II. von Preußen
Weber Freiligrath Frey
Fechner Fichte Weiße Rose von Fallersleben Kant Ernst Richthofen Frommel
Hölderlin
Engels Fielding Eichendorff Tacitus Dumas
Fehrs Faber Flaubert
Eliasberg Ebner Eschenbach
Feuerbach Maximilian I. von Habsburg Fock Eliot Zweig
Ewald Vergil
Goethe Elisabeth von Österreich London
Mendelssohn Balzac Shakespeare
Lichtenberg Rathenau Dostojewski Ganghofer
Trackl Stevenson Doyle Gjellerup
Mommsen Tolstoi Hambruch
Thoma Lenz Hanrieder Droste-Hülshoff
Dach Verne von Arnim Hägele
Reuter Hauff Humboldt
Karrillon Garschin Rousseau Hagen Hauptmann Gautier
Damaschke Defoe Hebbel Baudelaire
Descartes
Hegel Kussmaul Herder
Wolfram von Eschenbach Dickens Schopenhauer
Bronner Darwin Melville Grimm Jerome Rilke George
Campe Horváth Aristoteles Bebel Proust
Bismarck Vigny Barlach Voltaire Federer Herodot
Gengenbach Heine
Storm Casanova Tersteegen Grillparzer Georgy
Chamberlain Lessing Langbein Gilm Gryphius
Brentano Lafontaine
Strachwitz Claudius Schiller Kralik Iffland Sokrates
Katharina II. von Rußland Bellamy Schilling
Gerstäcker Raabe Gibbon Tschechow
Löns Hesse Hoffmann Gogol Wilde Vulpius
Luther Heym Hofmannsthal Gleim
Roth Heyse Klopstock Klee Hölty Morgenstern Goedicke
Luxemburg Puschkin Homer Kleist
Machiavelli La Roche Horaz Mörike Musil
Navarra Aurel Musset Kierkegaard Kraft Kraus
Nestroy Marie de France Lamprecht Kind Kirchhoff Hugo Moltke
Nietzsche Nansen Laotse Ipsen Liebknecht
Marx Ringelnatz
von Ossietzky Lassalle Gorki Klett Leibniz
May vom Stein Lawrence Irving
Petalozzi Knigge
Platon Kafka
Sachs Poe Pückler Michelangelo Kock
Liebermann Korolenko
de Sade Praetorius Mistral Zetkin

Der Verlag tredition aus Hamburg veröffentlicht in der Reihe **TREDITION CLASSICS** Werke aus mehr als zwei Jahrtausenden. Diese waren zu einem Großteil vergriffen oder nur noch antiquarisch erhältlich.

Symbolfigur für **TREDITION CLASSICS** ist Johannes Gutenberg (1400 — 1468), der Erfinder des Buchdrucks mit Metalllettern und der Druckerpresse.

Mit der Buchreihe **TREDITION CLASSICS** verfolgt tredition das Ziel, tausende Klassiker der Weltliteratur verschiedener Sprachen wieder als gedruckte Bücher aufzulegen – und das weltweit!

Die Buchreihe dient zur Bewahrung der Literatur und Förderung der Kultur. Sie trägt so dazu bei, dass viele tausend Werke nicht in Vergessenheit geraten.

Sage von des Mauren Vermächtniß

Inmitten der Festung der Alhambra, vor dem königlichen Palast, ist eine breite, offene Esplanade, genannt der Platz der Cisternen *(La Plaza de los Algibes)*, weil sie von Wasserbehältern, die dem Auge verborgen sind und noch aus der Zeit der Mauren herstammen, untergraben ist. In der einen Ecke dieses Platzes ist ein maurischer Brunnen, der bis zu beträchtlicher Tiefe in den lebendigen Fels gehauen und dessen Wasser kalt ist wie Eis und klar wie Krystall. Die von den Mauren gebauten Brunnen sind stets in Ansehen; denn es ist bekannt, welche Mühe sie sich gaben, um zu den reinsten und besten Quellen und Brunnen durchzudringen. Der, von dem wir hier reden, ist in ganz Granada berühmt, da die Wasserträger, bald mit großen Wassergefäßen auf ihren Schultern, bald Esel mit irdenen Krügen beladen vor sich hertreibend, die steilen buschigen Zugänge der Alhambra vom frühesten Morgen bis zu später Abendstunde auf- und niedersteigen.

Brunnen und Quellen sind, von den Tagen der heiligen Schrift her, in den heißen Himmelsstrichen als Plauderplätze bekannt, und an dem besagten Brunnen wird den lieben langen Tag von den Invaliden, den alten Weibern und anderem neugierigen und müßigen Volke der Festung ein ständiger Klub gehalten. Sie sitzen da auf den steinernen Bänken, unter einem Dache, mit dem der Brunnen überdeckt ist, um die Zolleinnehmer vor der Sonne zu schützen, und beschwatzen die Vorfälle der Festung und fragen jeden Wasserträger, der da kommt, über die Stadtneuigkeiten, und machen lange Betrachtungen über Alles, was sie sehen und hören. Es vergeht keine Stunde des Tages, daß man nicht zögernde Weiber und müßige Mägde mit dem Krug in der Hand oder auf dem Kopfe hier weilen sieht, um den Schluß des endlosen Gewäsches dieser würdigen Leute zu hören.

Unter den Wasserträgern, welche einst zu diesem Brunnen kamen, war ein starker, breitschultriger, krummbeiniger kleiner Kerl, Namens Pedro Gil, den man jedoch der Kürze wegen Peregil hieß. Als Wasserträger war er natürlich ein Gallego oder Galicier. Die Natur scheint Geschlechter von Menschen, wie von Thieren, für verschiedene Arten von Plackerei geschaffen zu haben. In Frankreich sind alle Schuhputzer Savoyarden, alle Thürhüter Schweizer, – und in den Tagen der Reifröcke und des Haarpuders konnte Niemand eine Sänfte gehörig in Gang bringen, als ein langbeiniger Irländer. So sind in Spanien die Wasser- und Lastträger sämmtlich stämmige kleine Leute aus Galicien. Niemand sagt: »Schafft mir einen Träger«, – sondern: »Ruft einen Gallego«.

Um von dieser Abschweifung zurückzukommen, Peregil, der Gallego, hatte sein Geschäft mit nichts als einem großen irdenen Krug angefangen, den er auf seiner Schulter trug; allmählig hob er sich in der Welt und war im Stande, sich einen Gehülfen von einer entsprechenden Klasse von Thieren anzuschaffen, – nämlich einen starken, zottelhaarigen Esel. Auf jeder Seite dieses langöhrigen Adjutanten waren in einer Art Korb seine Wasserkrüge, auf welchen Feigenblätter lagen, um sie vor der Sonne zu bedecken. Es gab keinen fleißigern Wasserträger in ganz Granada, und auch keinen fröhlichern. Die Straßen hallten von seiner lustigen Stimme wieder, während er seinem Esel nachtrabte und das gewöhnliche Sommerlied sang, das man in allen spanischen Städten hört: »Quien quiere agua – agua mas fria que la nieve?« – »Wer will Wasser – Wasser kälter als Schnee? Wer will Wasser vom Brunnen der Alhambra, kalt wie Eis und klar wie Krystall?« Wenn er einem Kunden das klare Glas darreichte, that er es stets mit einem freundlichen Worte, das zum Lächeln zwang, und wenn es vielleicht eine hübsche Dame oder eine schmucke Maid mit Grübchen in den Wangen war, geschah es nicht ohne ein schlaues Lächeln und ein Kompliment über ihre Schönheit, das unwiderstehlich war. So war Peregil der Gallego in ganz Granada als einer der höflichsten, lustigsten und glücklichsten Menschen bekannt. Allein Der hat nicht immer das leichteste Herz, der am lautesten singt und am meisten scherzt. Bei allem diesem vergnügten Aeußern hatte der ehrliche Peregil seine Noth und Sorgen. Er hatte einen großen Haufen zerlumpter Kinder zu ernähren, die hungrig und lärmend waren, wie ein Nest voll junger Schwalben, und ihn jeden Abend bei seiner Rückkehr mit ihrem Geschrei nach Brod umringten. Er hatte auch eine Gehülfin, aber er hatte nichts weniger als Hülfe von ihr. Sie war vor ihrer Verheirathung eine Dorfschönheit gewesen – berühmt wegen ihrer Geschicklichkeit, den Bolero zu tanzen und die Kastagnetten zu rühren; und sie behielt ihre früheren Liebhabereien bei, vergeudete den mühsamen

Erwerb des ehrlichen Peregil in Putz, und nahm sogar den Esel in Beschlag, um Lustpartien auf das Land zu machen, so oft ein Sonntag oder Festtag oder einer der zahllosen Feiertage kam, die in Spanien fast häufiger sind als die Tage der Woche. Bei allem dem war sie auch ein wenig von einer Schlumpe, etwas mehr von einer Faulenzerin und vor allem eine Klatsche von der ersten Sorte, die ihr Haus, ihren Haushalt und alles Uebrige vernachlässigte, um in den Häusern ihrer geschwätzigen Nachbarn herumzuliegen.

Er aber, der dem geschornen Lamme den Wind mischt, paßt auch das Ehestandsjoch dem sich beugenden Nacken an. Peregil trug alle die schweren Lasten von Weib und Kindern mit so mildem Sinne, wie sein Esel die Wasserkrüge, und obgleich er seine Ohren wohl für sich schüttelte, wagte er es doch nie, die haushälterischen Tugenden seines schlumpigen Weibchens in Zweifel zu ziehen.

Er liebte seine Kinder auch, wie eine Eule ihre Eulchen liebt, weil sie in ihnen ihr eigenes Bild vervielfältigt und fortgepflanzt sieht; denn es war eine starke, breitschultrige, krummbeinige kleine Brut. Die größte Freude des ehrlichen Peregil aber war, wenn er sich zuweilen einen Feiertag machen konnte und einige Maravedis auszugeben hatte, das ganze Nest mit sich hinaus zu nehmen – einige auf dem Arm, einige an seinem Rockschoß hängend, und einige ihm auf den Fersen nachtrollend – und in den Gärten der Vega zu bewirthen, während seine Frau mit ihren Feiertagsfreundinnen in den Angosturas des Darro tanzte.

Es war spät in einer Sommernacht, und die meisten Wasserträger hatten sich schon aus den Straßen entfernt. – Der Tag war ungewöhnlich heiß gewesen; die Nacht war eine jener köstlichen Mondscheinnächte, welche die Bewohner der südlichen Länder einladen, sich für die Hitze und Unthätigkeit des Tages zu entschädigen, indem sie im Freien bleiben und die gemäßigte Milde der Luft bis nach Mitternacht genießen. Es waren daher noch Leute draußen, die Wasser verlangten. Peregil dachte, als ein besonnener, arbeitsamer, kleiner Vater, an seine hungrigen Kinder und sagte zu sich:»Noch einen Gang zum Brunnen, um einen Puchero für die Kleinen auf den Sonntag zu verdienen.« Bei diesen Worten schritt er muthig den steilen Pfad zu der Alhambra hinan, sang unterwegs und gab dann und wann seinem Esel einen tüchtigen Schlag mit einem Prügel in die Seite, entweder als Takt zu dem Lied, oder als Ermunterung für das Thier; denn tüchtige Schläge dienen bei allen Lastthieren Spaniens statt des Hafers.

Als er an den Brunnen kam, fand er ihn von Allen verlassen, einen einsamen Fremden in maurischem Gewand ausgenommen, der auf der Steinbank im Mondscheine saß. Peregil hielt erst an und betrachtete ihn mit einem Erstaunen, das nicht ganz ohne Furcht war; aber der Maure winkte ihm leise, sich zu nähern, und sagte: »Ich bin schwach und krank; hilf mir, in die Stadt zurück zu kommen, und ich will dir das Doppelte von dem bezahlen, was du mit deinen Wasserkrügen verdient hättest.«

Das biedere Herz des kleinen Wasserträgers war bei dieser Bitte des Fremden von Mitleid durchdrungen. »Gott verhüte«, sagte er, »daß ich einen Lohn oder eine Gabe für eine Handlung der Menschlichkeit verlange.« Er half also dem Mauren auf seinen Esel und zog langsam nach Granada hinab; der arme Moslem war so schwach, daß er ihn auf dem Thiere halten mußte, damit er nicht herabfiel.

Als sie in die Stadt kamen, fragte der Wasserträger, wohin er ihn führen solle. »Ach«, sagte der Maure schwach, »ich habe weder Haus noch Wohnung; ich bin ein Fremdling in dem Lande. Laß mich mein Haupt diese Nacht unter deinem Dache niederlegen, und du sollst reichlich dafür belohnt werden.«

Der ehrbare Peregil sah sich auf diese Art unerwartet mit einem ungläubigen Gaste belastet, war aber zu menschlich, um einem Manne, der in einer so verlassenen Lage war, ein Nachtlager zu versagen; er führte den Mauren daher in seine Wohnung. Die Kinder, die, wie gewöhnlich, wenn sie den Tritt des Esels hörten, mit offnem Munde herauskamen, liefen erschreckt zurück, als sie den beturbanten Fremden sahen, und versteckten sich hinter ihre Mutter. Die letztere schritt unerschrocken heraus, wie eine gluckende Henne vor ihrer Brut, wenn ein verlaufener Hund naht.

»Welchen ungläubigen Gefährten«, sagte sie, »bringst du in dieser nächtlichen Stunde in das Haus, um die Augen der Inquisition auf uns zu ziehen?«

»Sei ruhig, Frau!« sagte der Gallego; »es ist ein armer, kranker Fremdling, ohne Freund und Obdach. Möchtest du ihn abweisen, damit er auf der Straße sterbe?«

Das Weib hätte sich noch gesträubt, denn obgleich sie in einer elenden Hütte lebte, so war sie doch eine eifrige Kämpferin für den Kredit ihres Hauses; aber der kleine Wasserträger war dieses Mal hartnäckig und wollte sich nicht unter das Joch beugen. Er half dem armen Moslem absteigen und breitete eine Matte und ein Schaffell für ihn in dem kühlsten Theile des Hauses auf den Boden – ein besseres Bett konnte seine Armuth nicht bieten.

Nach einer kleinen Weile bekam der Maure die heftigsten Krämpfe, die aller hülfreichen Geschicklichkeit des einfachen Wasserträgers trotzten. Das Auge des armen Kranken sprach seine Erkenntlichkeit aus. In einem schmerzenfreien Augenblick rief er ihn an seine Seite und sagte mit leiser Stimme zu ihm: »Mein Ende, fürchte ich, ist nahe. Wenn ich sterbe, vermache ich dir diese Kapsel als Lohn für deine Güte.« Bei diesen Worten öffnete er seinen Albornoz oder das Ueberkleid, und zeigte eine kleine Kapsel von Sandelholz, die mit einem Riemen um seinen Leib gebunden war. »Gott gebe, mein Freund«, versetzte der würdige kleine Gallego, »daß Ihr viele Jahre lebt, um Euch Eures Schatzes zu erfreuen, welcher Art er auch sein mag.« Der Maure schüttelte den Kopf; er legte seine Hand auf die Kapsel und schien noch etwas in Bezug auf dieselbe sagen zu wollen, aber seine Krämpfe kamen mit erhöhter Heftigkeit zurück, und nach einer kleinen Weile war er todt.

Des Wasserträgers Weib war jetzt wie wahnsinnig. »Das kommt von deiner thörichten Gutmüthigkeit«, sagte sie; »immer stürzest du dich ins Unglück, um Andern zu helfen. Was wird aus uns werden, wenn man diese Leiche in unserm Hause findet? Man wird uns als Mörder ins Gefängniß stecken, und wenn wir mit dem Leben davon kommen, werden uns die Advokaten und Gerichtsdiener zu Grunde richten.«

Der arme Peregil war in gleicher Unruhe und bereute es beinahe, eine gute That gethan zu haben. Endlich durchkreuzte ihn ein Gedanke. »Es ist noch nicht Tag«, sagte er, »und ich kann die Leiche aus der Stadt bringen und sie in dem Sand an den Ufern des Xenil begraben. Niemand sah den Mauren in unser Haus kommen, und Niemand soll etwas von seinem Tode erfahren.«

Wie gesagt, so gethan. Die Frau half ihm. Sie wickelten die Leiche des unglücklichen Moslem in die Matte, auf welcher er gestorben war, legten sie über den Esel, und Peregil zog mit ihr an das Ufer des Flusses.

Zum Unglück wohnte dem Wasserträger gegenüber ein Barbier, Namens Pedrillo Pedrugo, einer der Neugierigsten, Schwatzhaftesten und Boshaftesten seiner klatschhaften Zunft. Es war ein wieselköpfiger, spinnenbeiniger Schurke, geschmeidig und zudringlich; der berühmte Barbier von Sevilla konnte ihn in umfassender Kenntniß der Angelegenheiten Anderer nicht übertreffen, und er konnte nicht mehr bei sich behalten wie ein Sieb. Man sagte, er schliefe immer nur mit Einem Auge, und habe Ein Ohr unbedeckt, damit er selbst im Schlafe Alles hören und sehen könnte, was vorging. So viel ist gewiß, er war eine Art Läster-Chronik für die Neuigkeitskrämer von Granada, und hatte mehr Kunden als alle übrigen Barbiere der Stadt.

Dieser ruhelose Barbier hörte den Peregil zu einer ungewöhnlichen Stunde der Nacht ankommen, ebenso das Geschrei seines Weibes und der Kinder. Alsbald steckte er auch seinen Kopf aus dem kleinen Fenster, das ihm als ein Lug-ins-Land diente, und sah seinen Nachbarn einem Manne in maurischem Gewand in seine Wohnung helfen. Das war ein so auffallendes Ereigniß, daß Pedrillo diese Nacht nicht einen Moment schlief. Alle fünf Minuten war er an seinem Fensterchen; er gewahrte das Licht, das durch die Spalten der Thüre des Nachbars flimmerte, und sah vor Anbruch des Tages Peregil mit seinem ungewöhnlich beladenen Esel abziehen.

Der neugierige Barbier war außer sich; er schlüpfte in seine Kleider, stahl sich schweigend fort und folgte in einiger Entfernung dem Wasserträger, wo er ihn denn auf dem Sandufer des Xenil eine Grube graben und Etwas in dieselbe verscharren sah, das wie die Leiche eines Menschen aussah.

Der Barbier eilte nach Haus, polterte in seiner Bude umher und warf Alles drunter und drüber, bis der Tag kam. Jetzt nahm er das Becken unter den Arm und eilte in das Haus seines täglichen Kunden, des Alcalden.

Der Alcalde war eben aufgestanden. Pedrillo Pedrugo setzte ihm einen Stuhl hin, band ihm eine Serviette um den Hals, steckte ihm ein Becken mit heißem Wasser unter das Kinn und fing an, ihm den Bart mit den Fingern zu erweichen.

»Seltsame Vorfälle!« sagte Pedrugo, der zugleich den Neuigkeitskrämer und den Barbier spielte: »Seltsame Vorfälle! Raub – Mord – und – Begräbniß – Alles in einer Nacht.«

»Oho! – Wie? Was sagt Ihr da?« rief der Alcalde.

»Ich sage«, versetzte der Barbier, indem er dem Würdenträger ein Stück Seife über die Nase und den Mund rieb, denn ein spanischer Barbier verachtet es, einen Pinsel zu brauchen, – »ich sage, Peregil, der Gallego, hat einen maurischen Muselmann in dieser gebenedeiten Nacht beraubt, gemordet und begraben. *Maldita sea la noche –* verflucht sei die Nacht!«

»Aber wie habt Ihr das Alles erfahren?« fragte der Alcalde.

»Habt Geduld, Señor, und Ihr sollt Alles hören«, erwiederte Pedrillo, nahm ihn bei der Nase und ließ das Rasirmesser über seine Wange gleiten. Er erzählte dann Alles, was er gesehen hatte, und machte beide Operationen zu gleicher Zeit ab, indem er ihm den Bart abkratzte, das Kinn wusch, und ihn mit einer schmutzigen Serviette abtrocknete, während er den Moslem beraubte, mordete und begrub.

Nun traf es sich, daß der Alcalde einer der hochfahrendsten und zugleich einer der habsüchtigsten, schlechtesten Geizhälse in ganz Granada war. Gleichwohl konnte nicht geleugnet werden, daß er einen hohen Werth auf die Gerechtigkeit setzte; denn er verkaufte sie nach ihrem Gewichte in Gold. Er dachte sich, der vorliegende Fall sei ein Raubmord; ohne Zweifel habe es reiche Beute dabei abgesetzt. Wie war diese in die rechtmäßige Hand des Gerichtes zu bringen? – Denn den Verbrecher bloß zu ertappen, – das hieß nur den Galgen füttern; – aber den Raub ertappen, – das hieß den Richter bereichern, und dieß war, seiner Ansicht nach, der große Zweck der Gerechtigkeit. So dachte er und rief seinen treuesten Alguacil, – einen ausgetrockneten, hungrig aussehenden Schurken, nach der Sitte seines Standes in die altspanische Tracht gekleidet: ein breiter schwarzer Hut nach allen Seiten aufgestülpt, ein sauberer Kragen, ein kleiner schwarzer Mantel von den Schultern flatternd, alte schwarze Unterkleider, welche seine schwanke, drähterne Gestalt noch mehr hervorhoben, während er in seiner Hand einen dünnen, weißen Stab trug, das gefürchtete Abzeichen seines Amtes. Dieser Art war der Spürhund des Gesetzes von altspanischer Zucht, den er auf die Spuren des unglücklichen Wasserträgers hetzte; und so groß war dessen Eile, daß er dem armen Peregil, ehe derselbe noch sein Haus erreicht hatte, bereits auf den Fersen war, und ihn nebst seinem Esel vor den Spender der Gerechtigkeit brachte.

Der Alcalde warf einen seiner fürchterlichsten Blicke auf ihn. »Hörst du, Verbrecher!« brüllte er in einem Tone, daß dem armen Gallego die Knie aneinander klapperten, – »hörst du, Verbrecher, du brauchst deine Schuld nicht zu leugnen, ich weiß bereits Alles. Ein Galgen ist der beste Lohn für das Verbrechen, das du begangen hast; aber ich bin mitleidig und lasse gern mit mir reden. Der Mann, den du in deinem Hause ermordet hast, war ein Maure, ein Ungläubiger, ein Feind unserer Religion. Ohne Zweifel hast du ihn in einem Anfall religiösen Eifers todt geschlagen. Ich will daher nachsichtig sein; gieb die Habe heraus, welche du ihm genommen hast, und wir wollen die Sache vertuschen.«

Der arme Wasserträger rief alle Heiligen als Zeugen seiner Unschuld an, aber ach, keiner von ihnen kam; und wenn sie gekommen wären, der Alcalde hätte alle Heiligen des Kalenders Lügen gestraft. Der Wasserträger erzählte die ganze Geschichte von dem sterbenden Mauren mit der ungeschmückten Einfachheit der Wahrheit; aber Alles war umsonst. »Wirst du auf deiner Aussage bestehen«, fragte der Richter, »daß dieser Moslem weder Gold noch Juwelen hatte, welche ein Gegenstand deiner Habgier waren?«

»So gewiß ich selig zu werden hoffe, Euer Gnaden«, versetzte der Wasserträger; »er hatte nichts als eine kleine Kapsel von Sandelholz, die er mir als Lohn für meine Dienste vermachte.«

»Eine Kapsel von Sandelholz? Eine Kapsel von Sandelholz?« rief der Alcalde, und seine Augen funkelten bei den Gedanken an Edelsteine. »Und wo ist diese Kapsel? wo hast du sie versteckt?«

»Euer Gnaden zu dienen!« sagte der Wasserträger, »sie ist in einem der Körbe meines Esels und steht Euer Gnaden herzlich gern zu Diensten.«

Er hatte diese Worte kaum gesprochen, so schoß der treffliche Alguacil schon fort und erschien in einem Augenblick wieder mit der geheimnißvollen Kapsel von Sandelholz. Der Alcalce öffnete sie mit hastiger und zitternder Hand; Alles drängte sich herzu, um die Schätze zusehen, welche sie, wie man hoffte, enthielt; aber zu ihrem Mißmuth zeigte sich nichts als eine Pergamentrolle mit arabischen Buchstaben bedeckt und ein Stück von einer Wachskerze.

Wenn nichts durch die Ueberführung eines Gefangenen zu gewinnen ist, so ist die Gerechtigkeit sogar in Spanien manchmal unparteiisch. Als sich der Alcalde von seinem Verdruß erholt hatte und sah, daß wirklich nichts Namhaftes in der Kapsel war, hörte er leidenschaftslos auf die Auseinandersetzung des Wasserträgers, welche durch das Zeugniß seiner Frau bekräftigt ward. So von seiner Unschuld überzeugt, entließ er ihn aus seiner Haft; ja, er erlaubte ihm sogar, sein maurisches Vermächtniß, die Kapsel von Sandelholz und deren Inhalt als wohlverdienten Lohn für seine Dienste mit nach Hause zu nehmen; den Esel aber behielt er, statt Geldes, für Kosten und Gebühren.

Da war denn der unglückliche kleine Gallego wieder in die Notwendigkeit versetzt, sein eigener Wasserträger zu werden und mit einem großen irdenen Krug auf seiner Schulter zu dem Brunnen der Alhambra hinauf zu kriechen.

Wenn er in der Hitze eines Sommernachmittags die Höhe hinaufkeuchte, verließ ihn seine gewöhnliche gute Laune.»Verdammter Alcalde!« rief er dann wohl aus,»der einem armen Manne die Mittel seines Unterhalts, den besten Freund raubte, den er auf der Welt hatte!« Und bei der Erinnerung an den geliebten Gefährten seiner Mühen brach dann die ganze Zärtlichkeit seines Wesens hervor: »Ach, Esel meines Herzens!« rief er aus, indem er seinen Krug auf einen Stein stellte und sich den Schweiß von der Stirne wischte,– »ach, Esel meines Herzens! Ich weiß es gewiß, du denkst an deinen alten Herrn! Ich weiß es gewiß, du vermissest die Wasserkrüge – armes Thier!«

Um seinen Kummer zu vermehren, empfing ihn seine Frau, wenn er nach Hause kam, mit Murren und Schelten. Sie hatte nun offenbar den Vortheil über ihn, denn sie hatte ihn gewarnt, die edle Handlung der Gastfreundschaft, welche all dieses Unheil über sie brachte, nicht zu üben, und als eine kluge Frau nahm sie jede Gelegenheit wahr, ihm ihren überlegneren Scharfsinn vorzuhalten. Wenn ihre Kinder kein Brod hatten oder ein neues Kleid brauchten, sagte sie wohl höhnisch:»Geht zu eurem Vater, – er ist der Erbe des Königs Chico von der Alhambra, – sagt ihm, er solle euch mit der Büchse des Mauren helfen.«

Wurde je ein armer Erdenmensch so arg gestraft, weil er eine gute That vollbracht hatte? Der unglückliche Peregil war an Leib und Seele niedergeschlagen, dennoch ertrug er den Hohn seiner Frau mit Gelassenheit. Endlich aber, als er eines Abends nach saurer Tagesarbeit heimkehrte, und sie ihn wieder in der gewöhnlichen Weise ausschalt, riß ihm die Geduld. Er wagte es nicht, sie es entgelten zu lassen, aber sein Auge fiel auf die Kapsel von Sandelholz, die mit halb offenem Deckel, als spotte sie über seine Noth, auf einem Brette lag. Er ergriff sie und warf sie zornig auf den Boden.»Verflucht der Tag«, rief er,»an welchem ich dich zuerst erblickte und deinen Besitzer unter meinem Dache aufnahm!«

Als das Kistchen auf den Boden fiel, öffnete sich der Deckel weit und die Pergamentrolle fiel heraus. Peregil betrachtete die Rolle eine Zeitlang mit düsterem Schweigen. Endlich sammelte er seine Gedanken –»Wer weiß«, dachte er,»vielleicht ist diese Schrift nicht unwichtig, da der Maure sie so sorgfältig bewahrte!« Er nahm sie daher und steckte sie in seine Brust; und als er am nächsten Morgen Wasser in den Straßen ausrief, blieb er an dem Laden eines Mauren stehen, eines Eingebornen von Tanger, der Wohlgerüche und andere Kleinigkeiten verkaufte, und bat ihn, ihm den Inhalt zu erklären.

Der Maure las die Rolle aufmerksam, strich dann den Bart und lächelte.»Diese Handschrift«, sagte er,»enthält eine Zauberformel, um verborgene Schätze, welche gebannt liegen, aufzufinden. Es heißt, sie habe eine solche Kraft, daß die stärksten Riegel und Bande, ja selbst Demantfelsen ihr weichen müssen.«

»Pah«, sagte der kleine Gallego,»was nützt mich das Alles? Ich bin kein Beschwörer und weiß nichts von begrabenen Schätzen.« Bei diesen Worten nahm er seinen Wasserkrug auf die Schulter, ließ die Rolle in den Händen des Mauren und machte seine gewöhnliche Runde.

Als er aber am Abend in der Dämmerstunde an dem Brunnen der Alhambra ausruhte, fand er eine Gesellschaft von Plaudertaschen versammelt, deren Unterhaltung, wie das in diesen abendlichen Stunden nicht ungewöhnlich ist, sich um alte Märchen und Sagen von übernatürlichen Ereignissen drehte. Da sie Alle arm waren wie Kirchenmäuse, verweilten sie mit Vorliebe bei dem vielbeliebten Stoffe – bei bezauberten Schätzen, welche die Mauren in verschiedenen Theilen der Alhambra zurückgelassen. Vor allem stimmten sie in dem Glauben überein, es lägen tief in der Erde unter dem Thurme der sieben Stockwerke große Schätze verborgen.

Diese Geschichten machten einen ungewöhnlichen Eindruck auf den Geist des guten Peregil und senkten sich tiefer und tiefer in seine Gedanken, als er durch die dunkeln Pfade einsam zurückkehrte. »Wenn nun wirklich ein Schatz unter diesem Thurme begraben läge«, sagte er bei sich, »und wenn die Rolle, die ich bei dem Mauren gelassen habe, mich in den Stand setzte, sie zu heben?« In der plötzlichen Ekstase dieses Gedankens hätte er beinahe seinen Wasserkrug fallen lassen.

Er wälzte sich diese Nacht ruhelos in seinem Bette und konnte vor allen den Gedanken, die sein Gehirn beunruhigten, nicht einen Augenblick schlafen. Mit dem frühesten Morgen eilte er in die Bude des Mauren und erzählte ihm Alles, was ihm in dem Kopfe herumgegangen war. »Ihr könnt Arabisch lesen«, sagte er; »laßt uns miteinander in den Thurm gehen und die Wirkung der Zauberformel versuchen. Schlägt es fehl, so sind wir nicht schlimmer daran als vorher; gelingt es, so theilen wir den ganzen Schatz, den wir finden, in gleiche Theile.«

»Halt«, versetzte der Moslem; »die Schrift allein reicht nicht hin; sie muß um Mitternacht, bei dem Licht einer Kerze gelesen werden, welche auf besondere Art zusammengesetzt und hergerichtet ist und wozu das Erforderliche nicht in meinem Bereiche liegt. Ohne diese Kerze ist die Rolle von keinem Nutzen.«

»Kein Wort mehr!« rief der kleine Gallego; »ich habe eine solche Kerze zur Hand und werde sie den Augenblick herbringen.« Damit eilte er nach Haus, und kam bald mit dem Ende der gelben Wachskerze zurück, die er in der Kapsel gefunden hatte.

Der Maure fühlte und roch daran. »Hier sind seltene und kostbare Wohlgerüche mit diesem gelben Wachse verbunden«, sagte er. »Dieß ist die Art Kerze, wie sie in der Rolle bezeichnet ist. So lange sie brennt, werden die stärksten Mauern und geheimsten Höhlen offen bleiben. Aber wehe dem, der wartet, bis sie verloschen ist. Er bleibt verzaubert bei dem Schatze.«

Sie kamen nun überein, den Zauber noch in derselben Nacht zu versuchen. Als daher in später Stunde sich nichts mehr regte als Eulen und Fledermäuse, bestiegen sie die waldbewachsene Anhöhe der Alhambra und näherten sich dem erwähnten Thurme, der von Bäumen umgeben war und durch so viele Sagen etwas Schauerliches hatte. Bei dem Licht einer Laterne tappten sie sich durch Büsche und über Steine zum Thor eines Gewölbes unter dem Thurme fort. Mit Furcht und Zittern stiegen sie eine in den Felsen gehauene Treppe hinab. Sie führte zu einer leeren, feuchten und öden Kammer, aus welcher eine zweite Treppe in ein tieferes Gewölbe ging. Auf diese Art stiegen sie vier verschiedene Treppen hinab, welche in eben so viele Gewölbe, eines unter dem andern, führten. Aber der Boden des vierten war fest; und obgleich der Sage nach noch drei Gewölbe tiefer unten waren, so war es doch, wie man behauptete, unmöglich, weiter einzudringen, da ein starker Zauber diese unteren Theile verschloß. Die Luft dieses Gewölbes war feucht und kalt und roch nach Erde, und das Licht verbreitete nur einen schwachen Strahl. In athemloser Ungewißheit standen sie eine Zeitlang hier, bis sie die Glocke des Wachtthurms schwach Zwölf schlagen hörten; da zündeten sie die Wachskerze an, welche einen Geruch von Myrrhen, Weihrauch und Storax verbreitete.

Der Maure begann schnell zu lesen. Er hatte kaum geendigt, als ein Geräusch wie unterirdischer Donner entstand. Die Erde bebte, der Boden that sich auf und zeigte eine Treppe. Zitternd und bebend stiegen sie hinab und sahen sich bei dem Lichte der Laterne in einem anderen, mit arabischen Inschriften bedeckten Gewölbe. In der Mitte stand eine große Kiste, welche mit sieben Stahlbanden befestigt war, und an deren Enden zwei bezauberte Mauren in voller Rüstung, aber regungslos wie Statuen saßen, denn sie waren in der Gewalt des Bannes. Vor der Kiste standen mehrere mit Gold und Silber und Edelsteinen gefüllte Krüge. In den größten derselben steckten sie ihre Arme bis zum Ellbogen und holten sich mit jedem

Griffe Hände voll breite gelbe Stücke maurischen Goldes, oder Spangen und Schmuck desselben kostbaren Metalls, wobei manchmal ein Halsband von orientalischen Perlen sich an ihre Finger hängte. Sie bebten und athmeten fieberhaft, während sie ihre Taschen mit der Beute füllten; und manchen furchtsamen Blick warfen sie auf die bezauberten Mauren, die bewegungslos und grimmig da saßen und sie mit starren Augen ansahen. Endlich faßte sie bei einem eingebildeten Geräusch ein panischer Schrecken, und sie stürzten Beide, einer über den andern stolpernd, die Treppe hinauf, in das obere Gemach, warfen die Wachskerze um und löschten sie aus und der Boden schloß sich wieder mit einem donnernden Schall.

Von Furcht erfüllt, standen sie nicht eher still, als bis sie sich aus dem Thurme hinausgetastet hatten und die Sterne durch die Bäume glänzen sahen. Jetzt setzten sie sich auf das Grab und theilten den Fund, entschlossen, für jetzt mit dieser bloß oberflächlichen Untersuchung der Krüge sich zu begnügen, aber in einer der nächsten Nächte wieder zu kommen, und sie bis auf den Grund zu leeren. Damit einer des andern sicher wäre, theilten sie die Zaubermittel unter sich; der eine behielt die Rolle, der andere die Kerze; als dieß gethan war, brachen sie mit leichten Herzen und wohlgespickten Taschen nach Granada auf.

Als sie den Hügel hinabstiegen, flüsterte der verschlagene Maure dem einfachen kleinen Wasserträger ein Wort guten Rathes zu.

»Freund Peregil«, sagte er, »dieser ganze Handel muß ein tiefes Geheimniß bleiben, bis wir uns den ganzen Schatz zugeeignet und ihn in gute Verwahrung gebracht haben. Wenn der Alcalde auch nur eine Sylbe davon erfährt, sind wir verloren.«

»Gewiß«, versetzte der Gallego, »nichts kann wahrer sein.«

»Freund Peregil«, sagte der Maure, »du bist ein kluger Mann, und wirst gewiß ein Geheimniß für dich behalten können; aber du hast eine Frau.«

»Kein Wort soll sie davon erfahren«, erwiederte der Wasserträger barsch.

»Genug«, sagte der Maure; »ich verlasse mich auf deine Klugheit und dein Wort.«

Nie war ein Wort in bestimmter und redlicherer Absicht gegeben worden; welcher Mann kann aber vor seiner Frau ein Geheimniß behalten? Gewiß keiner wie Peregil, der Wasserträger, der einer der liebevollsten und gutmüthigsten Ehemänner war. Als er nach Hause kam, fand er seine Frau noch auf, die gedankenvoll in einem Winkel saß.

»Recht schön«, rief sie, als er eintrat; »endlich bist du da, nachdem du bis in diese Stunde der Nacht umherschwärmtest. Mich wundert, daß du nicht wieder einen Mauren als Hausgenossen heimgebracht hast.« Darauf brach sie in Thränen aus, rang ihre Hände und schlug sich die Brust. »Unglückliche Frau, die ich bin«, rief sie, »was soll aus mir werden? Mein Haus von Advokaten und Alguacils beraubt und geplündert; mein Mann ein Taugenichts, der kein Brod mehr für seine Familie heimbringt, sondern mit ungläubigen Mauren Tag und Nacht herumstreicht! O meine Kinder! meine Kinder! was wird aus uns werden? Wir werden alle in den Straßen betteln gehen müssen!«

Der ehrliche Peregil ward durch den Gram seiner Frau so gerührt, daß er sich nicht enthalten konnte, auch zu schluchzen. Sein Herz war so voll wie seine Tasche, – es mußte sich ausschütten. Er steckte seine Hand in die letztere, that drei oder vier dicke Goldstücke heraus und ließ sie in ihren Busen gleiten. Die arme Frau war starr vor Erstaunen und wußte nicht, was dieser goldne Regen bedeuten sollte. Ehe sie sich von ihrem Erstaunen erholen konnte, zog der kleine Gallego eine goldene Kette hervor und ließ sie vor ihr baumeln, während er vor Freude sprang und den Mund von einem Ohr zum andern aufriß.

»Die heilige Jungfrau schütze uns!« rief die Frau. »Was hast du gethan, Peregil? Du hast doch nicht Raub und Mord begangen?«

Dieser Gedanke war der armen Frau kaum durch den Kopf geflogen, so war er auch schon Gewißheit bei ihr. Sie sah schon einen Kerker und einen Galgen vor sich, und einen kleinen krummbeinigen Gallego, der an demselben aufgehängt war; und von den durch ihre Phantasie heraufbeschwornen Schauern überwältigt, verfiel sie in Krämpfe.

Was sollte der arme Mann thun? Er hatte kein anderes Mittel, seine Frau zu beruhigen und die Trugbilder ihrer Phantasie zu verscheuchen, als daß er ihr die ganze Geschichte seines Glückes erzählte. Er that dieß jedoch nicht eher, als bis er ihr das feierliche Versprechen abgedrungen hatte, keinem lebenden Wesen ein Wort von der ganzen Sache zu erzählen.

Es würde unmöglich sein, ihre Freude zu beschreiben. Sie schlang ihre Arme um den Hals ihres Gatten, und erstickte ihn bald mit ihren Liebkosungen. »Jetzt, Frau«, rief der kleine Mann mit offener Freude, »was sagst du jetzt zu dem Vermächtnisse des Mauren? Fortan schilt mich nicht mehr, wenn ich einem unglücklichen Mitmenschen beistehe!«

Der ehrliche Gallego legte sich auf seine Schafpelzmatte und schlief so gesund wie auf einem Flaumbette. Nicht so seine Frau. Sie schüttelte den ganzen Inhalt seiner Taschen auf die Matte und zählte die ganze Nacht Goldstücke von arabischem Gepräge, probirte Halsbänder und Ohrringe, und dachte, wie sie eines Tages aussehen würde, wenn sie sich ihrer Schätze erfreuen dürfte.

Am folgenden Morgen nahm der ehrliche Gallego ein dickes Goldstück und ging damit in die Bude eines Juwelenhändlers auf dem Zacatin, um ihm es zum Kauf anzubieten, indem er vorgab, er habe es in den Trümmern der Alhambra gefunden. Der Juwelier sah, daß es eine arabische Umschrift hatte und von dem reinsten Golde war; er bot aber nur den dritten Theil des Werthes, womit der Wasserträger vollkommen zufrieden war. Peregil kaufte jetzt neue Kleider für seine kleine Heerde, sowie alle Arten von Spielzeug, und reichen Vorrath für ein tüchtiges Mahl, worauf er heimkehrte und alle seine Kinder um sich her tanzen ließ, während er, der glücklichste der Väter, in ihrer Mitte hüpfte!

Die Frau des Wasserträgers hielt ihr Versprechen, zu schweigen, mit überraschender Pünktlichkeit. Anderthalb Tage ging sie umher mit geheimnißvollem Blick und einem Herzen, das zum Bersten voll war; aber sie schwieg, obgleich sie von ihren Gevatterinnen umgeben war. Es ist wahr, sie konnte nicht umhin, sich einiges Ansehen zu geben, entschuldigte ihre zerrissenen Kleider, sprach von dem Bestellen einer Basquina, mit goldenen Borten und Korallen besetzt, und einer neuen Spitzen-Mantilla. Sie ließ auch Winke von der Absicht ihres Mannes fallen, sein Gewerbe als Wasserträger aufgeben zu wollen, da es nicht mehr ganz seine Gesundheitsumständen vertrügen. Sie hoffte fest, daß sie sich Alle den Sommer auf das Land zurückziehen würden, wo die Kinder die Bergluft genießen könnten; denn es sei unmöglich, in der heißen Jahreszeit die Stadt zu bewohnen.

Die Nachbarinnen starrten einander an, und glaubten, die arme Frau habe ihren Verstand verloren; und ihr aufgeblasenes Wesen, ihr Schönthun und ihre vornehmen Ansprüche waren der allgemeine Gegenstand des Spottes und der Belustigung ihrer Freundinnen, sobald sie ihnen den Rücken gewendet hatte.

Wenn sie sich jedoch draußen zurückhaltend verhielt, so entschädigte sie sich dafür zu Hause und legte eine Schnur reicher, orientalischer Perlen um ihren Hals, maurische Spangen um ihre Arme, und einen Schmuck von Diamanten um ihre Haare, und segelte in der Stube rückwärts und vorwärts in ihren schlumpigen Fetzen, und stand dann und wann still, um sich in einem Stück zerbrochenen Spiegelglases zu betrachten. Ja, in dem Drange ihrer lächerlichen Eitelkeit konnte sie einmal nicht widerstehen, sich an dem Fenster zu zeigen, um sich des Eindrucks ihres Putzes auf die Vorübergehenden zu erfreuen.

Das Unglück wollte aber, daß Pedrillo Pedrugo, der zudringliche Barbier, in diesem Augenblicke müßig in seiner Bude auf der entgegengesetzten Seite der Straße saß, als das Funkeln eines Diamants sein Auge traf. Augenblicks war er an seinem Lugloch und sah die schlumpige Frau des Wasserträgers in der Pracht einer morgenländischen Braut herausgeputzt. Er hatte nicht sobald ein genaues Verzeichniß ihres Schmuckes aufgenommen, so flog er auch schon in aller Hast zu dem Alcalden. Nach einer kleinen Weile war der hungrige Alguacil wieder auf der Spur; und ehe der Tag vorüber war, wurde der unglückliche Peregil wieder vor den Richter geschleppt.

»Wie ist's, Schurke!« rief der Alcalde mit einer fürchterlichen Stimme. »Du sagtest mir, der in deinem Hause verstorbene Ungläubige habe nichts als ein leeres Kistchen hinterlassen, und jetzt höre ich, deine Frau stolzire in ihren Lumpen einher, geschmückt mit Perlen und Diamanten. Elender, der du bist! Bereite dich, die Beute deines unglücklichen Opfers herauszugeben und an dem Galgen zu baumeln, der bereits müde ist, länger auf dich zu warten.«

Der erschrockene Wasserträger fiel auf seine Kniee und gab eine vollständige Erzählung von der wunderbaren Art, auf welche er zu seinem Reichthume gekommen war. Der Alcalde, der Alguacil und der neugierige Barbier lauschten mit offenen Ohren auf dieses arabische Märchen von verzauberten Schätzen. Der Alguacil wurde abgeschickt, den Mauren herzubringen, der bei der Beschwörung zugegen gewesen war. Der Moslem trat ein, halb entseelt vor Schrecken, sich in den Händen der Harpyien der Gerechtigkeit zu sehen. Als er den Wasserträger mit seinen Schafsaugen und der niedergeschlagenen Miene dastehen sah, begriff er Alles. »Elendes Geschöpf«, sagte er, als er an ihm vorüber ging, »habe ich dich nicht vor dem Plaudern deiner Frau gewarnt?«

Die Geschichte des Mauren stimmte genau zu der seines Genossen; aber der Alcalde stellte sich hartgläubig und drohte mit Gefängniß und strenger Untersuchung.

»Langsam, guter Señor Alcalde«, sagte der Muselmann, der unterdessen seine gewöhnliche Verschlagenheit und Selbstbeherrschung wieder erlangt hatte. »Laßt uns die Gaben des Glücks nicht durch Streit um sie vergeuden. Niemand weiß von dieser Sache etwas als wir, – bewahren wir das Geheimniß. Es sind Schätze genug in der Höhle, uns Alle zu bereichern. Versprecht eine gewissenhafte Theilung, und Alles soll bekannt werden, – verweigert sie, und die Höhle wird für immer geschlossen bleiben.«

Der Alcalde berieth sich heimlich mit dem Alguacil. Der Letztere war ein alter Fuchs in seinem Gewerbe. »Versprecht Alles«, sagte er, »bis Ihr im Besitz des Schatzes seid. Ihr könnt dann das Ganze nehmen; und wenn er und sein Mitfrevler zu murren wagen, so droht ihnen, als Ungläubigen und Hexenmeistern, mit dem Scheiterhaufen und dem Pfahl.«

Dem Alcalden gefiel der Rath. Er glättete seine Stirne und sagte, zu dem Mauren gewendet: »Diese Geschichte ist wunderbar, und mag wahr sein; – allein ich muß mich mit eigenen Augen davon überzeugen. Noch in dieser Nacht müßt Ihr die Beschwörungen in meiner Gegenwart wiederholen. Wenn wirklich ein solcher Schatz da ist, wollen wir ihn freundschaftlichst unter uns theilen, und nicht ferner von der Sache sprechen; habt Ihr mich aber getäuscht, so erwartet von mir keine Gnade. Mittlerweile müßt Ihr im Gefängniß bleiben.«

Der Maure und der Wasserträger stimmten diesen Bedingungen freudig bei; zufrieden, daß der Ausgang die Wahrheit ihrer Worte bewähren würde.

Gegen Mitternacht machte sich der Alcalde, begleitet von dem Alguacil und dem Barbier, allesammt gut bewaffnet, in aller Stille auf den Weg. Sie führten den Mauren und den Wasserträger als Gefangene mit sich und hatten sich den starken Esel des Letztern noch zugesellt, um ihm den gehofften Schatz aufzubürden. Ohne bemerkt zu werden, kamen sie an den Thurm, banden den Esel an einen Feigenbaum und stiegen in das vierte Gewölbe des Thurmes hinab.

Die Rolle wurde hervorgeholt, die gelbe Wachskerze angezündet, und der Maure las die Beschwörungsformel. Die Erde bebte wie früher, der Boden öffnete sich mit einem donnernden Schall, und die schmale Treppe ward sichtbar. Der Alcalde, der Alguacil und der Barbier waren schreckenbleich und konnten nicht so viel Muth finden, hinabzusteigen. Der Maure und der Wasserträger traten in das untere Gewölbe und fanden die zwei Mauren stumm und regungslos, wie früher, dasitzen. Sie hoben zwei große, mit Goldmünzen und kostbaren Steinen gefüllte Gefäße weg. Der Wasserträger schleppte sie, eines nach dem andern, auf seinen Schultern hinauf; obgleich er aber ein sehniger kleiner Mann und an das Tragen von Lasten gewöhnt war, wankte er doch unter ihrem Gewichte und fand, als er sie auf den beiden Seiten seines Esels befestigt hatte, daß sie so viel ausmachten, als sein Esel nur tragen konnte.

»Laßt uns für jetzt zufrieden sein«, sagt der Maure, »wir haben hier so viel Kostbares, als wir, ohne bemerkt zu werden, fortschaffen können, und genug, um uns Alle so reich zu machen, als das Herz es nur verlangen kann.«

»Ist der Schatz noch nicht ganz in unsern Händen?« fragte der Alcalde.

»Das Kostbarste«, sagte der Maure, »ist noch zurück, – eine große, mit Stahlbanden geschlossene Kiste voller Perlen und Edelsteine.«

»Wir müssen diese Kiste haben, es koste, was es wolle«, rief der habsüchtige Alcalde.

»Ich werde nicht mehr hinabgehen«, sagte der Maure verdrießlich; »genug ist genug für einen Vernünftigen, – mehr ist überflüssig.«

»Und ich«, sagte der Wasserträger, »werde keine Last mehr herauftragen, meines armen Esels Rücken zu brechen.«

Da der Alcalde Befehle, Drohungen und Bitten gleich vergeblich fand, wendete er sich zu seinen Getreuen. »Helft mir«, sagte er, »die Kiste herausbringen, und ihr Inhalt soll unter uns getheilt werden.« Bei diesen Worten stieg er die Treppen hinab, und zitternd und widerstrebend folgten ihm der Alguacil und der Barbier.

Der Maure sah sie kaum in der Tiefe, so verlöschte er die gelbe Kerze; der Boden schloß sich mit dem gewöhnlichen Schall, und die drei Helden blieben im Schooße der Erde vergraben.

Er eilte jetzt die verschiedenen Treppen hinauf und holte erst Athem, als er unter freiem Himmel war. Der kleine Wasserträger folgte ihm so schnell, als seine kurzen Beine es gestatteten.

»Was hast du gethan«, rief Peregil, sobald er Athem geholt hatte. »Der Alcalde und die andern Zwei sind in dem Gewölbe eingeschlossen.«

»Es ist der Wille Allahs!« sagte der Maure fromm.

»Und willst du sie nicht wieder befreien?« fragte der Gallego.

»Gott bewahre!« versetzte der Maure und strich sich den Bart. »Es steht in dem Buche des Schicksals geschrieben, sie sollen verzaubert bleiben, bis irgend ein künftiger Abenteurer den Bann bricht. Der Wille Gottes geschehe!« Mit diesen Worten schleuderte er das Ende der Wachskerze weit weg in das dunkle Dickicht des Thales.

Jetzt war nicht mehr zu helfen, und der Maure und der Wasserträger schritten denn mit dem reich beladenen Esel der Stadt zu. Der gute Peregil konnte sich nicht enthalten, seinen langöhrigen Arbeitsgenossen, den er so aus den Krallen der Gerechtigkeit gerettet sah, zu streicheln und zu küssen, und es steht wirklich dahin, was dem einfältigen Burschen in dem Augenblicke mehr Freude

machte, das Gewinnen des Schatzes oder das Wiederfinden seines
Esels.

Die zwei Glücksbrüder theilten ihre Beute freundschaftlich und
redlich, nur daß der Maure, der einige Liebhaberei an Flitterstaat
hatte, es einzurichten wußte, daß die Perlen, Edelsteine und anderer
Tand stets auf seinen Haufen kamen; aber dann gab er dem Wasserträger immer statt der kostbarsten Edelsteine gediegenes Gold,
fünfmal so viel, womit der Letztere herzlich zufrieden war. Sie waren bedacht, sich keinen Unannehmlichkeiten auszusetzen, sondern
begaben sich in andere Länder, um sich ihres Reichthums zu erfreu-
en. Der Maure kehrte nach Afrika in seine Vaterstadt Tetuan zurück, und der Gallego begab sich mit Frau und Kindern und seinem
Esel nach Portugal. Hier wurde er unter dem Schutz und Schirm
seiner Frau ein Mann von einiger Wichtigkeit; denn sie sorgte, daß
der lange Körper und die kurzen Beine des würdigen kleinen Mannes mit Wamms und Hosen geschmückt wurden, setzte ihm einen
Federhut auf, steckte ihm ein Schwert an die Seite und ließ ihn seinen vertraulichen Namen Peregil mit dem wohlklingenderen Titel
Don Pedro Gil vertauschen. Seine Nachkommenschaft wuchs ge-
deihlich und fröhlichen Herzens heran, während Señora Gil, von
Kopf bis zu den Füßen befranzt, bespitzt und betrottelt, und mit
Ringen an allen Fingern einherging, das Muster einer schlumpigen
Mode- und Putzdame wurde.

Was den Alcalden und seine Getreuen betrifft, so blieben sie unter dem großen Thurme der sieben Stockwerke vergraben und sind
dort heute noch festgebannt. Wenn es jemals in Spanien an kupple-
rischen Barbieren, gaunerhaften Alguacils und bestechlichen Alcalden fehlt, kann man sie dort suchen; wenn sie aber so lange auf ihre
Erlösung warten sollen, dann droht ihre Verzauberung bis zum
jüngsten Tage zu währen.

Sage von der Rose der Alhambra, oder der Page und der Geierfalk

Nachdem die Mauren Granada übergeben hatten, war diese herrliche Stadt eine Zeitlang der Lieblingsaufenthalt der spanischen Könige, bis sie durch rasch auf einander folgende Erdbeben, welche viele Häuser niederstürzten und die alten moslemitischen Thürme bis in ihre Tiefe erschütterten, von dort verscheucht wurden. Viele, viele Jahre vergingen nun, und Granada wurde während der Zeit nur selten mit einem königlichen Besuche beehrt. Die Paläste des Adels standen leer und verschlossen, und die Alhambra saß, wie eine vernachlässigte Schönheit, traurig und verlassen in den aller Pflege beraubten Gärten. Der Thurm der Prinzessinnen, einst der Wohnsitz der drei schönen maurischen Königstöchter, theilte die allgemeine Verödung; die Spinne spann ruhig ihr Gewebe über die vergoldete Decke aus, und Fledermäuse und Eulen nisteten in den Gemächern, welche die Gegenwart Zayda's, Zorayda's und Zorahayda's verschönert hatte. Die Vernachlässigung dieses Thurmes mag zum Theil ihren Grund in den abergläubischen Ansichten der Bewohner haben. Es ging das Gerücht, der Geist der jungen Zorahayda, welche in diesem Thurme starb, werde oft bei Mondschein gesehen, wie er an dem Brunnen in dem Saale sitze oder trauernd um die Zinnen wandle, und die Klänge ihrer Silberlaute seien von Wanderern, die durch die Schlucht kamen, oft um Mitternacht gehört worden.

Da erhielt endlich Granada wieder königlichen Besuch. Es ist allbekannt, daß Philipp V. der erste Bourbon war, der den spanischen Scepter führte; es ist allbekannt, daß er Elisabetha oder Isabella (denn es ist dasselbe), die schöne Prinzessin von Parma, in zweiter Ehe heirathete; und es ist allbekannt, daß durch diese Kette von Begebnissen ein französischer Prinz und eine italienische Prinzessin die Insassen des spanischen Thrones wurden. Zum Empfange dieses hohen Paares wurde die Alhambra eingerichtet und in aller Eile ausgeschmückt. Die Ankunft des Hofes änderte das ganze Aussehen des kürzlich noch öden Palastes. Der Klang der Trommeln und Trompeten, das Stampfen der Rosse in den Zugängen und äußern Höfen, der Glanz der Waffen, das Flattern der Fahnen um Warte und Zinnen rief den alten, kriegerischen Ruhm der Veste zurück. Ein milderer Geist herrschte jedoch in dem königlichen Palaste. Hier rauschten seidene Gewänder und klang der vorsichtige Tritt und die leise Stimme der ehrerbietigen Höflinge in den Vorzimmern; in den Gärten wandelten Pagen und Staatsfräulein, und aus offenen Fenstern stahl sich der Klang der Musik.

In dem Gefolge der Monarchen befand sich ein Lieblingspage der Königin, Namens Ruyz de Alarcon. Wenn man ihn den Lieblingspagen der Königin nennt, so heißt dieß ihm eine Lobrede halten; denn Alle im Gefolge der schönen Elisabeth waren durch Anmuth, äußeren Reiz und geistige Gaben ausgezeichnet. Er hatte eben sein achtzehntes Jahr erreicht, war leichten, geschmeidigen Wuchses und anmuthig wie ein junger Antinous. Gegen die Königin war er ganz Ehrerbietung und Unterwürfigkeit, in seinem Herzen aber war er ein spitzbübischer Geselle, eigensinnig und von den Damen am Hofe verwöhnt, und wußte mit den Frauen weit besser umzugehen, als seine Jahre erwarten ließen.

Dieser Page streifte eines Morgens in den Lusthainen des Generalife, welche das Gebiet der Alhambra umgeben, müßig umher. Er hatte zu seiner Unterhaltung einen Lieblingsfalken der Königin mitgenommen. Da sah er bei seinem Umherschlendern einen Vogel aus dem Gebüsch auffliegen, nahm dem Falken die Haube ab und ließ ihn fliegen. Der Falke schwang sich hoch in die Luft, stieß auf seinen Raub und schoß, da er ihn verfehlte, taub gegen den Ruf des Pagen, davon. Letzterer folgte dem flüchtigen Vogel auf seinem launenhaften Fluge mit den Augen, bis er sah, daß er auf den Zinnen eines einsamen, fernen Thurmes in den äußeren Mauern der Alhambra, an dem Rande eines Abhanges erbaut, der die königliche Veste von dem Gebiete des Generalife trennte, sich niederließ. Es war der »Thurm der Prinzessinnen«.

Der Page stieg in die Schlucht hinab und näherte sich dem Thurm; aber dieser hatte keinen Eingang von dem Thälchen, und seine große Höhe machte jeden Versuch, ihn zu ersteigen, erfolglos. Er machte daher, indem er eines der Thore der Veste suchte, einen weiten Umweg gegen die innerhalb der Mauern gelegene Seite des Thurmes.

Vor dem Thurme war ein Garten, von einem Zaun von Schilf umschlossen, der mit Myrten überhangen war. Der Page öffnete ein Pförtchen und ging durch Blumenbeete und Rosengebüsch zu der Thüre. Sie war verschlossen und verriegelt; aber eine Ritze in der Thüre ließ ihn in das Innere blicken. Da sah er einen kleinen maurischen Saal mit Wänden in Stuccoarbeit, leichten Marmorsäulen und einem Alabasterbrunnen, den Blumen umgaben. In der Mitte hing ein vergoldeter Käfig mit einem Singvogel, darunter lag auf einem Stuhle eine gesprenkelte Katze, daneben eine Seidenwinde nebst andern Gegenständen weiblicher Arbeit, und eine Guitarre, mit Bändern geziert, war an den Brunnen gelehnt.

Ruyz de Alarcon staunte über diese Spuren weiblicher Zierlichkeit und Anmuth in einem einsamen und, wie er geglaubt hatte, verlassenen Thurme. Sie erinnerten ihn an die in der Alhambra umlaufenden Märchen von verzauberten Sälen, und die gesprenkelte Katze mochte wohl eine bezauberte Prinzessin sein.

Er klopfte leise an der Thüre. Ein schönes Gesicht schaute oben aus einem kleinen Fenster, zog sich aber schnell wieder zurück. Er wartete, in der Hoffnung, die Thüre würde geöffnet werden; allein sein Harren war umsonst, kein Fußtritt ließ sich drinnen hören, – Alles blieb stumm. Hatten ihn seine Augen getäuscht, oder war die holde Erscheinung die Fee des Thurmes? Er klopfte wiederholt und lauter. Nach einer kleinen Weile blickte das strahlende Gesicht wieder heraus; es war das eines blühenden fünfzehnjährigen Mädchens.

Der Page nahm augenblicklich seine mit Federn geschmückte Mütze ab und bat in den höflichsten Ausdrücken um die Erlaubniß, den Thurm besteigen zu dürfen, um seinen Falken zu holen.

»Ich darf die Thüre nicht öffnen, Señor«, erwiederte das kleine Mädchen erröthend; »meine Tante hat es verboten.«

»Ich bitte Euch, schöne Maid, – es ist der Lieblingsfalke der Königin; ich darf ohne ihn nicht in den Palast zurückkehren.«

»Ihr seid also einer der Hofkavaliere?«

»So ist's, schöne Maid; allein ich werde um die Gunst der Königin und um meine Stelle kommen, wenn ich den Falken verliere.«

»Santa Maria! Vor euch Hofkavalieren hat mir meine Tante ganz absonderlich befohlen, die Thüre zu verriegeln.«

»Ohne Zweifel vor schlechten Kavalieren; aber ich bin kein solcher, sondern ein einfacher, harmloser Page, der unglücklich und elend sein wird, wenn Ihr mir die kleine Bitte versagt.«

Das Unglück des Pagen rührte das Herz des kleinen Mädchens. Es wäre doch gar zu Schade gewesen, wenn er durch die Verweigerung einer so unbedeutenden Bitte um seine Stelle gekommen wäre. Er konnte auch gewiß keines jener gefährlichen Wesen sein, welche ihre Tante als eine Art Kannibalen, stets bereit, gedankenlose Mädchen zu ihrem Raube zu machen, geschildert hatte; er war sanft und bescheiden, und stand so bittend da mit der Mütze in der Hand, und sah so schön aus.

Der schlaue Page sah, daß die Besatzung zu wanken anfing, und verdoppelte seine Bitten in so rührenden Ausdrücken, daß es nicht in der Natur eines sterblichen Mädchens gewesen wäre, ihn abzuweisen. So kam denn die kleine erröthende Wächterin des Thurmes herab und öffnete die Thüre mit bebender Hand; und war der Page bei dem flüchtigen Anschauen ihres Gesichtes vom Fenster herab entzückt gewesen, so wurde er jetzt, als die ganze Gestalt sich ihm darstellte, ganz hingerissen.

Ihr andalusisches Leibchen und die hübsche Basquina hoben das volle, aber zarte Ebenmaß ihrer Gestalt hervor, die ihre jungfräuliche Ausbildung eben erreicht hatte. Ihr glänzendes Haar war auf der Stirn mit gewissenhafter Genauigkeit getheilt und, dem allgemeinen Gebrauche des Landes zufolge, mit einer frisch gepflückten Rose geschmückt. Es ist wahr, ihr Gesicht war von Glut einer südlichen Sonne etwas gebräunt, aber dieß diente nur dazu, die reiche Blüthe ihrer Wangen zu zeigen und den Glanz ihrer schmelzenden Augen zu erhöhen.

Ruyz de Alarcon sah alles dieß auf einen Blick; denn es kam ihm nicht zu, zu zögern; er murmelte nun seinen Dank und sprang leicht die Wendeltreppe hinauf, um nach seinem Falken zu sehen.

Bald kam er, den flüchtigen Vogel auf seiner Faust, zurück. Das Mädchen hatte sich indessen an den Brunnen im Saale gesetzt und wand Seide; aber in ihrer Erregung ließ sie die Winde auf die Erde fallen. Der Page sprang herzu und hob sie auf, ließ sich anmuthig auf die Knie nieder und bot sie ihr dar; aber er faßte die danach langende Hand und drückte einen glühendern und inbrünstigern Kuß darauf, als er je der schönen Hand seiner Gebieterin aufgedrückt hatte.

»Ave Maria, Señor!« rief das Mädchen, vor Verwirrung und Ueberraschung noch höher erröthend; denn sie war nie auf diese Weise begrüßt worden.

Der bescheidene Page entschuldigte sich tausendmal, und versicherte sie, dieß sei bei Hofe die Weise, die tiefste Ehrfurcht und Achtung zu bezeigen.

Ihr Zorn, wenn sie ja zornig war, wurde leicht besänftigt; allein ihre Erregung und Verlegenheit blieb, und sie saß da, höher und höher erröthend, die Augen auf ihre Arbeit niedergeschlagen, und den Seidenfaden, den sie aufwinden wollte, verwirrend. Der listige Page sah die Verwirrung in dem feindlichen Lager, und hätte gern davon Gewinn gezogen, aber die schönen Reden, die er hören lassen wollte, starben ihm auf den Lippen, und seine Artigkeitsversuche waren linkisch und ohne Erfolg; und zu seinem Befremden fand sich der gewandte Page, der mit solcher Anmuth und Ungezwungenheit mit den klügsten und erfahrensten Hofdamen verkehrt hatte, vor einem einfachen, fünfzehnjährigen Mädchen beschämt und verblüfft.

Das kunstlose Mädchen hatte in der That in ihrer Bescheidenheit und Unschuld einen bessern Schirm, als in den Riegeln und Schlössern, welche ihre sorgsame Tante vorgeschrieben hatte. Indeß wo ist die weibliche Brust, die gegen das erste Flüstern der Liebe gestählt ist? Das kleine Mädchen verstand bei aller ihrer Kunstlosigkeit Alles, was die stotternde Zunge des Pagen nicht auszudrücken im Stande war, und ihr Herz zitterte, als sie zum ersten Mal einen Liebhaber – und gar einen solchen Liebhaber, zu ihren Füßen sah.

Die Schüchternheit des Pagen war zwar ungeheuchelt, aber nur kurz, und er erlangte seine gewöhnliche Ruhe und sein Selbstbewußtsein wieder, als in der Ferne eine gellende Stimme gehört ward.

»Meine Tante kommt aus der Messe zurück!« rief das Mädchen erschreckt: »Ich bitte, Señor, entfernt Euch!«

»Nicht eher, als bis Ihr mir die Rose in Eurem Haar als Andenken gebt.«

Sie machte die Rose hastig aus ihrem Rabenhaare los. »Nehmt«, sagte sie, verwirrt und erröthend, »aber geht, ich bitte.« Der Page nahm die Rose und bedeckte zu gleicher Zeit die schöne Hand, welche sie gab, mit Küssen. Dann steckte er die Blume auf seine Mütze, nahm den Falken auf seine Faust und sprang durch den Garten fort, das Herz der holden Jacinta mit sich nehmend.

Als die wachsame Tante in den Thurm kam, bemerkte sie die Bewegung ihrer Nichte und eine Art Unordnung in dem Saal; allein ein erklärendes Wort genügte. »Ein Geierfalke hatte seinen Raub bis in den Saal verfolgt.«

»Gott sei uns gnädig! Ein Falke, der in den Thurm fliegt! Hat man je von einem so frechen Thiere gehört! Ei, unser Vogel im Käfig ist nicht mehr sicher.«

Die wachsame Fredegonda war eine der vorsichtigsten alten Jungfern. Sie hatte einen gehörigen Schrecken und passendes Mißtrauen in das, was sie »das entgegengesetzte Geschlecht« nannte, – Gefühle, die durch ein langes unverheirathetes Leben noch gesteigert worden waren. Nicht als wenn die gute Frau je durch die Tücken der Männer gelitten hätte, die Natur hatte ihr eine Schutzwehr in das Gesicht geprägt, welches jedes Eindringen in ihr Gebiet abhielt; aber die Frauen, die am wenigsten Grund haben, für sich besorgt zu sein, sind am ersten bereit, reizendere Nachbarinnen streng zu bewachen.

Die Nichte war die Waise eines Offiziers, der im Kriege gefallen war. Sie war in einem Kloster erzogen und neulich aus ihrem heiligen Asyl geholt und unter die unmittelbare Aufsicht ihrer Tante gegeben worden, unter deren schirmender Pflege sie in der Einsamkeit aufwuchs, wie die sich öffnende Rose unter einem Dornbusch erblüht. Diese Vergleichung ist nicht ganz zufällig; denn, die Wahrheit zu sagen, ihre Frische und sich entfaltende Schönheit hatte selbst in dieser Abgeschlossenheit das öffentliche Auge auf sich gezogen, und das umwohnende Landvolk hatte ihr mit der dem Andalusier eignen poetischen Ausdrucksweise den Namen »die Rose der Alhambra« gegeben.

Die bedächtige Tante fuhr fort, über die verführerische kleine Nichte so lange die treueste Wache zu halten, als der Hof zu Granada weilte, und sie schmeichelte sich, daß ihre Wachsamkeit erfolgreich sei. Es ist wahr, die gute Frau wurde dann und wann über das Klimpern von Guitarren und das Singen von Liedchen, die leise aus dem mondbeglänzten Gebüsch unten am Thurme heraufklangen, mürrisch und ärgerlich; aber sie ermahnte dann stets ihre Nichte, das Ohr gegen solche eitle Singerei zu schließen, indem sie sie versicherte, dieß sei einer der Kunstgriffe des »entgegengesetzten Geschlechtes«, durch welche einfache Mädchen oft in ihr Verderben gelockt würden. Ach! was vermag bei einem einfachen Mädchen eine trockene Predigt gegen ein Mondschein-Ständchen.

Endlich hob König Philipp seinen Aufenthalt zu Granada auf und reiste plötzlich mit seinem ganzen Gefolge ab. Die wachsame Fredegonda gab auf den königlichen Zug Acht, wie er aus dem Thore der Gerechtigkeit herauskam und den großen Weg, der in die Stadt führt, hinabging. Als die letzte Fahne aus ihrem Auge entschwand, wendete sie sich freudig zu dem Thurme, denn alle ihre Sorgen waren nun vorüber. Zu ihrem Erstaunen scharrte ein leichtes arabisches Pferd den Boden am Gartenpförtchen, – zu ihrem Schrecken sah sie durch das Rosengebüsch einen Jüngling in buntschmuckem Kleide zu den Füßen ihrer Nichte. Bei dem Schalle von Fußtritten bot er ihr ein zärtliches Lebewohl, sprang leicht über den Myrten- und Schilfzaun, schwang sich auf sein Roß und war augenblicklich verschwunden.

Die zärtliche Jacinta verlor in der Heftigkeit ihres Kummers jeden Gedanken an den Unwillen ihrer Tante. Sie stürzte sich in ihre Arme und brach in Seufzer und Thränen aus.

»*Ay de mi!*« rief sie; »er ist fort! – er ist fort! – er ist fort! – und ich werde ihn nie wieder sehen!«

»Fort? – Wer ist fort? Was war das für ein Jüngling, den ich zu deinen Füßen sah?«

»Ein Page der Königin, Tante, der mir Lebewohl gesagt hat.« – »Ein Page der Königin, Kind?« wiederholte die wachsame Fredegonda schwach. »Und wann wurdest du mit einem Pagen der Königin bekannt?«

»Am Morgen, an welchem der Geierfalke in den Thurm kam. Es war der Königin Geierfalke, und er suchte ihn bei uns.«

»O albernes, albernes Mädchen! Wisse, daß es keine Geierfalken gibt, die halb so gefährlich sind, wie diese jungen windigen Pagen, und gerade so einfältige Vögel, wie du einer bist, fassen sie am ersten mit ihren Krallen.«

Die Tante war anfangs unwillig, als sie erfuhr, daß, trotz ihrer gerühmten Wachsamkeit, ein zärtlicher Verkehr von dem jungen Liebespaar fast unter ihren Augen unterhalten wurden war. Als sie aber fand, daß ihre arglose Nichte, obgleich sie so, ohne den Schutz von Riegel und Schloß, den Ränken des entgegengesetzten Geschlechtes ausgesetzt war, die Feuerprobe unversengt bestanden hatte, tröstete sie sich mit der Ueberzeugung, daß solches nur den keuschen, vorsichtigen Grundsätzen zuzuschreiben sei, in welche sie sich so zu sagen bis an die Lippen getaucht hatte.

Während die Tante diese lindernde Salbe auf ihren Stolz legte, erinnerte sich die Nichte der oft wiederholten Schwüre der Treue des Pagen. Aber was ist die Liebe des rastlosen, umstreifenden Mannes? Ein irrer Strom, der eine Zeitlang mit jeder Blume an seinem Ufer tändelt, dann dahinfließt und sie alle in Thränen zurückläßt!

Tage, Wochen, Monden verflossen, und keine Kunde kam von dem Pagen. Die Granate reifte, die Rebe bot ihre Frucht, die Herbstregen stürzten in Strömen von den Bergen nieder; die Sierra Nevada umkleidete sich mit ihrem schneeigen Mantel, und die Winterstürme heulten durch die Säle der Alhambra – immer kam er nicht. Der Winter verging. Wieder brach der muntere Frühling hervor, von Gesang, Blüthen und duftigen Zephyren begleitet; der Schnee schmolz auf den Bergen, bis keiner mehr blieb als der auf dem luftigen Gipfel der Nevada, der durch die warme Sommerluft glänzte. Allein immer ließ sich nichts von dem vergeßlichen Pagen hören.

Unterdessen wurde die arme kleine Jacinta blaß und gedankenvoll. Sie gab ihre früheren Beschäftigungen und Vergnügen auf, ihre Seide lag verwirrt da, die Guitarre unbezogen, ihre Blumen wurden vergessen, die Töne ihres Vogels überhört und ihre sonst so glänzenden Augen waren von heimlichem Weinen getrübt. Wenn irgend eine Einsamkeit geeignet ist, die Leidenschaft eines liebesiechen Mädchens zu nähren, so ist es ein Ort wie die Alhambra, wo Alles dazu beiträgt, zärtliche, romantische Träumereien zu erzeugen. Sie ist ein wahres Paradies für Liebende: wie traurig daher, in einem solchen Paradies allein zu sein, – und nicht nur allein, sondern verlassen!

»Ach, albernes Kind«, – sagte wohl die gesetzte, unbefleckte Fredegonda, wenn sie ihre Nichte in ihrer trüben Laune sah, – habe ich dich nicht vor den Listen und Tücken dieser Männer gewarnt? Was konntest du denn auch von dem Abkömmling einer stolzen ehrgeizigen Familie erwarten? – Du, eine Waise, der Sprößling eines gesunkenen, verarmten Geschlechtes? Sei überzeugt, wenn der Jüngling auch treu wäre, würde sein Vater, einer der stolzesten Edeln am Hofe, seine Verbindung mit einem so niedrigen, armen Wesen, wie du bist, untersagen. Fasse daher Muth und scheuche diese eiteln Gedanken aus deinem Kopfe.«

Die Worte der unbefleckten Fredegonda dienten nur, die Schwermuth ihrer Nichte zu vermehren, aber sie suchte ihr im Stillen nachzuhängen. Als sich einst spät in einer Sommernacht ihre Tante zur Ruhe begeben hatte, blieb sie allein in dem Saale des Thurmes an dem Alabasterbrunnen sitzen. Hier hatte der treulose Page zuerst gekniet und ihre Hand geküßt; hier hatte er ihr so oft ewige Treue geschworen. Des armen kleinen Mädchens Herz war übervoll von traurigen und zärtlichen Erinnerungen, ihre Thränen begannen zu fließen und fielen langsam, Tropfen um Tropfen, in den Brunnen. Allmählich bewegte sich das Wasser, sprudelte auf, wogte hin und her, bis eine weibliche Gestalt, reich in maurische Gewänder gekleidet, sich langsam emporhob.

Jacinta erschrak so, daß sie aus dem Saale floh und nicht mehr zurückzukehren wagte. Am nächsten Morgen erzählte sie ihrer Tante, was sie gesehen hatte; aber die gute Frau betrachtete es für ein Schattenbild ihres beunruhigten Geistes oder dachte, sie sei eingeschlafen und habe an dem Brunnen geträumt. »Du hast an die Geschichte der drei maurischen Prinzessinnen gedacht, welche einst in diesem Thurme wohnten«, fuhr sie fort, »und dieß ging in deine Träume über.«

»Welche Geschichte, Tante? Ich weiß nichts davon.«

»Du hast gewiß von den drei Prinzessinnen Zayda, Zorayda und Zorahayda gehört, welche von dem König, ihrem Vater, in diesen Thurm gesperrt wurden und mit drei christlichen Rittern zu fliehen beschlossen. Die zwei ersten flohen auch wirklich, aber die dritte verließ der Muth, und man sagt, sie sei in diesem Thurme gestorben.«

»Ich erinnere mich jetzt, davon gehört zu haben«, sagte Jacinta; »ja, ich habe über das Schicksal der holden Zorahayda oft geweint.«

»Wohl magst du über ihr Schicksal weinen«, fuhr die Tante fort; »denn Zorahayda's Geliebter war dein Vorfahr. Er trauerte lange um seine maurische Liebe, aber die Zeit heilte ihn von seinem Gram, und er heirathete eine spanische Dame, von welcher du abstammst.«

Jacinta dachte über diese Worte nach. »Was ich gesehen habe, ist kein Hirngespinnst«, sagte sie zu sich, »ich weiß es gewiß. Wenn es in der That der Geist der holden Zorahayda ist, der, wie ich höre, in diesem Thurme wandert, – wovor sollte mir bangen? Ich will heute Nacht am Brunnen bleiben, – vielleicht erscheint sie mir noch einmal.«

Gegen Mitternacht, als Alles ruhig war, setzte sie sich wieder in den Saal. Wie die Glocke in dem fernen Wartthurme der Alhambra die Stunde der Mitternacht verkündete, bewegte sich das Wasser des Brunnens abermals, es sprudelte und wogte, bis das maurische Weib wieder emporstieg. Sie war jung und schön; ihr Kleid war reich an Juwelen, und in der Hand hielt sie eine silberne Laute. Jacinta zitterte und war einer Ohnmacht nahe. Aber die sanfte, klagende Stimme der Erscheinung und der liebliche Ausdruck ihres blassen schwermüthigen Gesichtes beruhigten sie.

»Tochter der Sterblichen«, sagte sie, »was fehlt dir? Warum trüben deine Thränen meinen Brunnen, und stören deine Seufzer und Klagen die friedlichen Stunden der Nacht?«

»Ich weine über die Treulosigkeit eines Mannes und klage um mein einsames, verlassenes Loos.«

»Tröste dich; deine Sorgen können noch ein Ende finden. Du siehst eine maurische Prinzessin vor dir, welche, wie du, in ihrer Liebe unglücklich war. Ein christlicher Ritter, dein Ahnherr, gewann mein Herz und würde mich in sein Heimatland und den Schooß seiner Kirche gebracht haben. In meinem Herzen war ich eine Bekehrte, aber mir fehlte ein Muth, der meinem Glauben gleich gewesen wäre, und ich zauderte, bis es zu spät war. Deßwegen haben die bösen Geister Gewalt über mich und halten mich in diesem Thurm gebannt, bis ein reiner Christ den Zauber bricht. Willst du dieß unternehmen?«

»Ich will«, antwortete das Mädchen zitternd.

»So komm hierher und fürchte nichts, tauche deine Hand in den Brunnen, besprenge mich mit dem Wasser und taufe mich nach der Sitte deines Glaubens; so wird der Zauber vernichtet werden und mein irrer Geist Ruhe finden.«

Das Mädchen näherte sich wankenden Schrittes, tauchte ihre Hand in den Brunnen, nahm Wasser in die hohle Hand und sprengte es über das blasse Antlitz der Erscheinung.

Diese lächelte mit unaussprechlicher Milde. Sie ließ ihre Silberlaute zu Jacinta's Füßen fallen, faltete ihre weißen Arme über ihren Busen und verschwand; es war bloß, als wenn ein Schauer von Thautropfen in den Brunnen gefallen wäre.

Voll Staunen und Schrecken verließ Jacinta den Saal. Sie schloß diese Nacht kaum ein Auge, und als sie mit Tagesanbruch aus einem unruhigen Schlaf erwachte, schien ihr das Ganze einem Fiebertraum ähnlich. Als sie aber in den Saal hinab ging, zeigte sich die Wahrheit der Erscheinung; denn sie sah neben dem Brunnen die Silberlaute im Morgensonnenscheine glänzen.

Sie eilte zu ihrer Tante, um ihr Alles zu erzählen, was ihr begegnet war, und forderte sie auf, die Laute als Beweis der Wirklichkeit ihrer Erzählung zu betrachten. Wenn die gute Frau ja noch einige Zweifel hatte, so wurden diese zerstreut, als Jacinta das Instrument berührte; denn sie entlockte demselben so hinreißende Töne, daß selbst die eisige Brust der unbefleckten Fredegonda, diese Region ewigen Winters, aufthaute und sich freudig erschloß. Nur eine übernatürliche Musik vermochte eine solche Wirkung hervorzubringen.

Die außerordentliche Macht der Laute wurde täglich bemerkbarer. Der Wanderer, der an dem Thurme vorbeikam, blieb in athemlosem Entzücken so zu sagen festgezaubert. Selbst die Vögel sammelten sich auf den benachbarten Bäumen und lauschten, ihrer eigenen Lieder vergessend, in stummem Entzücken.

Das Gerücht verbreitete die Neuigkeit bald weiter. Die Bewohner Granada's strömten zu der Alhambra, um einige Töne der herrlichen Musik zu erhaschen, die um den Thurm der Prinzessinnen erscholl.

Die liebliche kleine Künstlerin wurde endlich ihrer Einsamkeit entrückt. Die Reichen und Mächtigen des Landes stritten sich, sie zu bewirthen und mit Ehren zu überhäufen, oder vielmehr, sich den Zauber ihrer Laute zu sichern, um die Modewelt in Schaaren in ihre Säle zu locken. Wohin sie ging, hielt ihre sorgsame Tante die Wache eines Drachen an ihrer Seite und schreckte den Strom verliebter Bewunderer, die entzückt an ihrem Gesange hingen, zurück. Die Sage von ihrer wundervollen Gabe ging von Stadt zu Stadt. Malaga, Sevilla, Cordova, – alle wurden nach und nach in den Strudel hineingerissen, und man sprach in ganz Andalusien von nichts mehr als von der schönen Künstlerin der Alhambra. Wie konnte es auch bei einem so musikalischen und verliebten Volke, wie die Andalusier, anders sein, – da die Macht der Laute magisch und die Künstlerin von Liebe begeistert war?

Während ganz Andalusien so musiktoll war, herrschte an dem spanischen Hofe eine ganz andere Stimmung. Philipp V. war, wie wohl bekannt ist, ein unglücklicher Hypochondrist und allen Arten von Grillen unterworfen. Manchmal blieb er wochenlang im Bette und ächzte in eingebildeten Schmerzen. Ein anderes Mal bestand er darauf, dem Throne entsagen zu wollen, zum großen Aerger seiner königlichen Gemahlin, die für den Glanz des Hofes und die Glorie einer Krone ziemlich viel Neigung hatte und das Scepter ihres kindlichen Gemahls mit kluger und fester Hand führte.

Nichts zeigte sich wirksamer, die königlichen Schwindel zu verscheuchen, als die Macht der Musik; der König sorgte daher, die besten Sänger und Tonkünstler zur Hand zu haben, und behielt den berühmten italienischen Sänger Farinelli als eine Art königlichen Leibarztes bei Hofe.

In dem Augenblicke jedoch, von welchem wir sprechen, hatte sich in dem Kopfe dieses weisen und erlauchten Bourbons eine Grille festgesetzt, welche alle früheren Einfälle überzraf. Nach einer langen, eingebildeten Krankheit, die allen Arien Farinell's und den Berathungen eines ganzen Orchesters von Hofgeizern Trotz bot, gab der Monarch in Gedanken den Geist auf und hielt sich für maustodt.

Dieß wäre ziemlich harmlos, ja der Königin und den Höflingen selbst ganz gelegen gewesen, wenn er sich bequemt hätte, in der für einen Todten passenden Ruhe zu bleiben. Zu ihrer Qual bestand er darauf, die Leichenceremonien mit sich vorgenommen sehen zu wollen, und begann zu ihrer unaussprechlichen Verwirrung ungeduldig zu werden und über ihre Nachlässigkeit und Geringschätzung, ihn so lange unbegraben zu lassen, bitter zu schelten. Was war zu thun? Den bestimmten Befehlen des Königs nicht zu gehorchen, war in den Augen der dienstwilligen Höflinge etwas Abscheuliches, – aber ihnen zu gehorchen und ihn lebendig zu begraben, wäre doch offenbarer Königsmord gewesen.

Mitten in dieser fürchterlichen Verlegenheit erreichte das Gerücht von einer Künstlerin, die ganz Andalusien den Kopf verdrehte, den Hof. Die Königin sandte in aller Eile Boten ab, sie nach St. Ildefonfo zu bescheiden, wo damals der Hof residirte.

Als einige Tage darauf die Königin mit ihren Staatsdamen in jenen prächtigen Gärten lustwandelte, welche mit ihren Gängen, Terrassen und Brunnen den Ruhm von Versailles auszustechen bestimmt waren, wurde die weltberühmte Künstlerin vor sie geführt. Die königliche Elisabeth blickte erstaunt auf das jugendliche, anspruchslose Aeußere des kleinen Wesens, welches der Welt den Kopf verrückte. Sie war in ihrer malerischen andalusischen Tracht, hielt ihre Silberlaute in der Hand und stand mit bescheiden gesenkten Augen, aber in einer Einfachheit und Frische der Schönheit da, welche in ihr stets noch ›die Rose der Alhambra‹; ankündigte.

Wie gewöhnlich war sie von der immer wachsamen Fredegonda begleitet, welche der wißbegierigen Königin die ganze Geschichte ihrer Abstammung und Herkunft erzählte. Wenn die hohe Elisabeth von Jacinta's Aeußerem freundlich angesprochen worden war, so freute sie sich noch mehr, als sie erfuhr, daß sie aus einem verdienten, obgleich herabgekommenen Geschlechte stammte, und daß ihr Vater im Dienste der Krone als braver Krieger gefallen war. »Wenn dein Talent deinem Rufe gleich kommt«, sagte sie, »und du diesen bösen Geist bannen kannst, der in deinem Könige wohnt, soll fortan dein Glück meine Sorge sein, und Ehren und Reichthum werden dich erwarten.«

Ungeduldig, ihre Geschicklichkeit zu erproben, begab sie sich alsbald in das Gemach ihres launenvollen Gemahls.

Durch Reihen von Wachen und Schaaren von Höflingen folgte Jacinta mit gesenktem Auge. Sie kamen endlich in ein großes Gemach, das schwarz ausgelegt war. Die Fenster waren geschlossen, um kein Taglicht eindringen zu lassen; eine Anzahl gelber Wachskerzen auf silbernen Leuchtern verbreiteten ein düsteres Licht und zeigten schwach die Gestalten von Dienern in Trauerkleidern und von Höflingen, die mit geräuschlosem Schritt und verzweifeltem Gesichte umher schlichen. In der Mitte lag auf einem Paradebett, die Hände auf der Brust gefaltet und bis zur Spitze der Nase verhüllt, der gern begraben-sein-wollende Monarch ausgestreckt.

Die Königin trat schweigend in das Gemach, zeigte auf einen Schemel in einem dunkeln Winkel und winkte Jacinta, sich niederzulassen und die Wirkung ihres Spiels zu versuchen.

Anfangs rührte sie die Laute mit bebender Hand, dann aber faßte sie Muth, und erregt während des Spiels, ließ sie eine so himmlische Musik hören, daß alle Anwesenden vor Staunen und Entzücken außer sich waren. Der Monarch aber, der sich bereits in der Welt der Geister glaubte, dachte die Musik der Engel oder der Sphären zu hören. Allmählich wechselte der Vortrag, und die Stimme der Künstlerin begleitete das Instrument. Sie sang eine der alten Balladen von dem ehemaligen Ruhm der Alhambra und den Thaten der Mauren. Ihre ganze Seele ging in den Vortrag ein; denn mit den Erinnerungen an die Alhambra war die Geschichte ihrer Liebe verwebt. Das Todtengemach hallte von dem belebenden Gesange wieder, – er fand den Weg in das düstere Herz des Königs. Er hob sein Haupt und schaute rund um; er richtete sich in seinem Bette auf, sein Auge begann zu glänzen, – endlich sprang er auf den Boden und rief nach Schild und Schwert.

Der Triumph der Musik, oder vielmehr der bezauberten Laute, war vollkommen; der Geist der Schwermuth war verscheucht, und gewissermaßen ein Todter in das Leben zurückgerufen worden. Die Fenster des Gemaches wurden geöffnet; der strahlende Glanz spanischen Sonnenscheins drang in die gewesene Todtenkammer; alle Augen suchten die holde Zauberin; aber die Laute war aus ihrer Hand gefallen, sie selbst war zu Boden gesunken, und im nächsten Augenblick drückte sie Ruyz de Alarcon an seine Brust.

Die Hochzeit des glücklichen Paares wurde bald darauf mit großem Glanze gefeiert; doch still – ich höre den Leser fragen, wie Ruyz de Alarcon sein langes Schweigen entschuldigte? O, daran war allein der Widerstand eines stolzen, eigensinnigen, alten Vaters Schuld; außerdem aber kommen junge Leute, die einander wirklich lieb haben, bald zu einem freundlichen Einverständnis; und vergessen beim Wiedersehen alle frühern Beschwerden.

Aber wie kam es, daß der stolze, eigensinnige Vater in die Heirath willigte?

Nun, ein oder zwei Worte der Königin verscheuchten bald alle seine Bedenklichkeiten, besonders da es Würden und Belohnungen auf den blühenden Liebling der Königin regnete. Ueberdieß besaß, wie Ihr wißt, Jacinta's Laute eine Zaubermacht, welche über den eigensinnigsten Kopf und die härteste Brust gebieten konnte.

Und was wurde aus der bezauberten Laute?

Ja, dieß ist das Allermerkwürdigste bei der Sache und beweist offenbar die Wahrheit der ganzen Geschichte. Diese Laute blieb eine Zeitlang in der Familie, wurde dann aber von dem großen Sänger Farinelli, wie man glaubte, aus bloßer Eifersucht entwendet und weggebracht. Nach seinem Tode kam sie in Italien an andere Besitzer, welche mit ihrer geheimnißvollen Macht unbekannt waren, das Silber einschmolzen und mit den Saiten eine alte Cremoneser Geige bezogen. Die Saiten haben noch etwas von ihrer magischen Kraft. Ein Wort in des Lesers Ohr, aber erzählt es nicht weiter, – diese Geige bezaubert jetzt die ganze Welt, – es ist die Geige Paganini's.

Sage von den zwei verschwiegenen Statuen

In einem öden Gemache der Alhambra wohnte einst ein lustiger kleiner Bursche, Namens Lope Sanchez, der in den Gärten arbeitete und so munter und lebendig war wie ein Grashüpfer und den ganzen Tag sang. Er war das Leben und die Seele der Veste. Wenn seine Arbeit vollbracht war, saß er auf einer der steinernen Bänke der Esplanade, klimperte auf seiner Guitarre und sang lange Lieder auf Cid und Bernardo del Carpio und Fernardo del Pulgar und andere spanische Helden, zur Unterhaltung der alten Soldaten der Veste, oder er schlug einen fröhlicheren Ton an und ließ die Mädchen Boleros und Fandangos tanzen.

Wie die meisten kleinen Leute hatte Lope Sanchez eine große dralle Person zur Frau, welche ihn fast in ihre Tasche stecken konnte; allein das gewöhnliche Loos der Armen war ihm nicht zu Theil geworden, – statt zehn Kinder hatte er nur eines. Es war ein kleines, schwarzäugiges Mädchen von zwölf Jahren, Sanchica genannt, so lustig wie er und die Freude seines Herzens. Sie spielte um ihn, wenn er in dem Garten arbeitete, tanzte zu den Tönen seiner Guitarre, wenn er im Schatten saß, und lief so wild wie ein junges Reh in dem Gebüsch, den Alleen und den verfallenen Sälen der Alhambra umher.

Es war jetzt St. Johannes-Abend, und die feiertagfrohen Plaudermäuler der Alhambra, Männer, Weiber und Kinder, kamen mit der Nacht den Sonnenberg, der sich über das Generalife erhebt, herauf, um auf dem abgeplatteten Gipfel ihre Mitte-Sommer-Nachtwache zu feiern. Es war eine glänzende Mondscheinnacht. und alle Berge waren grau und silbern, und die Stadt lag mit ihren Kuppeln und Kirchthürmen im Schatten drunten, und die Vega glich einem Feenland mit bezauberten Bächen, welche aus dem düstern Laubwerk hervorglänzten. Auf der höchsten Höhe des Berges zündeten sie, nach einer alten Landessitte, die sich von den Mauren herschrieb, Freudenfeuer an. Die Bewohner der umliegenden Gegend hielten eine ähnliche Nachtwache, und auf der Vega und den Seiten der Berge entlang glänzten da und dort Feuer blaß empor.

Lope Sanchez, der nie vergnügter war als bei einer Festlichkeit dieser Art, spielte Guitarre, man tanzte dazu, und der Abend verging sehr heiter. Während getanzt wurde, spielte die kleine Sanchica mit einigen ihrer Genossinnen in den Trümmern einer alten maurischen Veste, welche den Berg krönt, und fand, während sie Steinchen in dem Graben suchte, eine kleine, sorgfältig in Gagat geschnittene Hand, die Finger geschlossen und den Daumen fest auf sie gedrückt. Ueberfroh über ihr Glück, lief sie mit ihrem Funde zu der Mutter. Er wurde sogleich ein Gegenstand klugen Nachdenkens, und Manche betrachteten ihn mit abergläubischem Mißtrauen.»Wirf's weg«, – sagte der Eine, –»es ist maurisch, – sei überzeugt, da ist Unheil und Hexerei dabei.« –»Ich dachte!« sagte ein Anderer;»geh hin und verkauf' es den Juwelieren des Zacatins.« Mitten in dieser Verhandlung trat ein dunkelbrauner, alter Soldat herzu, der in Afrika gedient hatte und einem Mohren glich. Er untersuchte die Hand mit einem Kennerblick.»Ich habe Dinge dieser Art bei den Mauren der Berberei gesehen«, sagte er:»es ist ein kräftiges Mittel gegen das Scheelauge[1] und alle Arten von Zauber- und Hexenwerk. Ich wünsche Euch Glück, Lope, das bedeutet Eurem Kinde etwas Gutes.«

Als Sanchez' Weib dieß hörte, band sie die kleine Gagathand an ein Band und hing es ihrem Töchterchen um den Hals.

Der Anblick dieses Talismans erinnerte an alle die beliebten abergläubischen Märchen von den Mauren. Der Tanz wurde vernachlässigt, und sie setzten sich in Gruppen auf den Boden und erzählten sich alte Geschichten, die sie von ihren Voreltern gehört hatten. Einige dieser Erzählungen drehten sich um die Wunder eben dieses Berges, auf welchem sie saßen und der als Zauber- und Hexenrevier berühmt ist. Eine alte Frau gab eine weitläufige Schilderung von dem Palaste in den Eingeweiden dieses Berges, wo der Sage nach Boabdil und sein ganzer maurischer Hof festgebannt sind.»Unter jenen Trümmern«, sagte sie; auf einige zerfallene Mauern und Erdwälle an einem fernen Theil des Berges deutend,»ist ein tiefes, dunkles Loch, das weit, weit in das Herz des Berges niedergeht. Um alles Geld von Granada möchte ich nicht hineinsehen. Eines Tages hütete ein armer Mann auf der Alhambra Ziegen auf diesem Berg und kletterte in das Loch hinab einem Zieglein nach, das hinein

---

[1] Das Scheelauge schadet, als bezaubernder Blick, den Kindern. Sehr verbreiteter Aberglauben im Morgenlande.

gefallen war. Ganz wild und stier kam er wieder heraus und erzählte von dem, was er gesehen hatte, Dinge, daß Jeder glaubte, er sei toll geworden. Er faselte einige Tage von den gespenstischen Mauren, die ihn in der Höhle verfolgt hätten, und konnte kaum überredet werden, seine Ziegen wieder auf den Berg zu treiben. Er that dieß endlich, aber ach, der arme Mann! er kam nie wieder herab. Die Nachbarn fanden seine Ziegen um die maurischen Trümmer weiden, sein Hut und Mantel lagen in der Nähe des Loches, aber von ihm war nichts mehr zu hören.

Die kleine Sanchica lauschte dieser Geschichte mit athemloser Aufmerksamkeit. Sie war neugierigen Charakters und fühlte sogleich ein mächtiges Sehnen, in diese gefährliche Tiefe zu schauen. Sie stahl sich von ihren Gespielinnen weg, suchte die entfernten Trümmer, und nachdem sie eine Zeitlang unter ihnen herumgekrochen war, kam sie an eine kleine Aushöhlung oder Becken, nahe der Spitze des Berges, wo er sich steil in das Thal des Darro hinabsenkt. In der Mitte dieses Beckens gähnte die Oeffnung jenes Loches. Sanchica wagte sich an den Rand und schaute hinein. Alles war schwarz wie Pech und bot ein Bild unermeßlicher Tiefe. Ihr Blut ward zu Eis; sie ging zurück, blickte wieder hin, wollte weglaufen und warf noch einen Blick hinein, – selbst das Schauderhafte der Sache war anlockend. Zuletzt rollte sie einen großen Stein herbei und warf ihn über den Rand. Eine Zeitlang fiel er lautlos; dann traf er auf felsige Vorsprünge, und sie hörte ein starkes Krachen, dann sprang er rumpelnd und polternd von einer Seite zur andern, mit donnerähnlichem Lärm, fiel endlich tief, tief unten in das Wasser – und Alles war wieder still. Dieses Schweigen dauerte aber nicht lange. Es schien, als wäre Etwas in diesem öden Schlunde wach geworden. Ein murmelnder Ton erhob sich nach und nach aus der Tiefe, wie das Summen eines Bienenstocks. Es wurde lauter und lauter; es war ein Getös von Stimmen, wie das Murmeln einer fernen Menge, und ein schwaches Klirren von Waffen, Cymbelnklang und Trompetenschall, als wenn der Herr in den Eingeweiden des Berges sich zur Schlacht fertig mache.

Mit stummen Schrecken ging das Kind weg und eilte zu der Stelle, wo es seine Eltern und Gespielinnen gelassen hatte. Alle waren fort. Das Freudenfeuer war am Erlöschen, und die letzten Rauchwolken kräuselten sich im Mondschein empor. Die fernen Feuer, welche auf der Vega und den Bergen entlang gelodert hatten, waren alle erloschen, und rings schien Alles in Ruhe versunken zu sein. Sanchica rief ihre Eltern und einige ihrer Gespielinnen bei den Namen, erhielt aber keine Antwort. Sie lief die Seite des Berges hinab und die Gärten des Generalife entlang, bis sie in die Baumgänge kam, welche zur Alhambra führen, und wo sie sich auf eine Bank im Gebüsch setzte, um Athem zu schöpfen. Die Glocke in dem Wartthurm der Alhambra schlug Mitternacht. Es herrschte eine tiefe Ruhe, als wenn die ganze Natur schliefe, nur daß ein ungesehener Bach, der unter der Halle des Buschwerks dahinfloß, einen leisen Klang hören ließ. Die ruhige Lieblichkeit der Nachtluft wiegte sie in Schlaf, als ihr Auge von einem Glanze in der Entfernung getroffen ward, und sie zu ihrem Staunen einen langen Reiterzug maurischer Krieger erblickte, welche die Bergseite hinab und die laubigen Gänge entlang eilten. Einige waren mit Lanzen und Schildern bewaffnet, andere mit Säbeln und Hellebarden und mit polirten Harnischen, welche im Mondschein glänzten. Ihre Rosse hoben sich stolz und knirschten auf ihr Gebiß, aber ihr Schritt brachte nicht mehr Klang hervor, als wenn ihre Hufe mit Filz belegt gewesen wären, und die Reiter waren alle blaß wie der Tod. Unter ihnen ritt eine schöne Dame mit einer Krone auf dem Haupt und langen, goldnen, mit Perlen durchflochtnen Locken. Die Schabracke ihres Zelters war von Scharlachsammt mit Gold gestickt und schleifte auf dem Boden. Aber sie ritt ganz trostlos dahin und heftete ihre Augen stets auf den Boden.

Dann folgte ein Zug von prachtvoll in Gewänder und Turbane von verschiedenen Farben gekleideten Höflingen, und in ihrer Mitte ritt aus einem weißen Rosse König Boabdil el Chico, in einem königlichen, mit Juwelen bedeckten Mantel und eine von Diamanten funkelnde Krone auf dem Haupte. Die kleine Sanchica erkannte ihn an seinem gelben Bart und an der Aehnlichkeit mit seinem Porträt, das sie oft in der Gemälde-Gallerie des Generalife gesehn hatte. In Staunen und Bewunderung sah sie auf dieses königliche Gepränge, das glänzend unter den Bäumen vorüber zog; aber obgleich sie wußte, daß diese Monarchen und Höflinge und Krieger, die so blaß aussahen, außer dem gewöhnlichen Kreis der Natur standen und nichts als Zauber- und Hexenwerk waren, schaute sie doch kühnen

Herzens auf sie; solchen Muth gab ihr der geheimnißvolle Talisman der Hand, der um ihren Hals hing.

Als der Reiterzug vorüber war, stand sie auf und folgte. Er ging durch das große Thor der Gerechtigkeit, das weit offen stand; die alten Invaliden, welche die Wache hatten, lagen auf den Steinbänken des Thurmes, in tiefen, augenscheinlich bezauberten Schlaf begraben, und das Schattengepränge schwebte geräuschlos mit fliegendem Banner und stattlicher Haltung an ihnen vorüber. Sanchica war ihnen gefolgt; aber zu ihrem Staunen sah sie in dem Thurm eine Oeffnung in der Erde, welche in die Tiefe desselben hinabführte. Sie trat ein wenig näher und wurde ermuthigt, weiter zu schreiten, als sie rohe Tritte in den Felsen gehauen und einen gewölbten Gang fand, welcher da und dort mit silbernen Lampen erhellt war, die Licht und lieblichen Duft zugleich ausströmten. Sie wagte sich weiter und kam zuletzt an einen großen Saal, welcher in der Tiefe des Berges eingehauen und prachtvoll im maurischen Stile ausgeschmückt und durch Lampen von Silber und Krystall erleuchtet war. Hier saß auf einer Ottomane ein alter Mann in maurischer Tracht, mit einem langen, weißen Barte, schläfrig nickend und einen Stab in der Hand haltend, der ihm stets aus den Fingern schlüpfen zu wollen schien. In einiger Entfernung saß eine schöne Dame in altspanischer Tracht, mit einer kleinen, von Diamanten ganz funkelnden Krone, die Locken mit Perlen durchflochten und einer silbernen Laute sanfte Töne entlockend. Die kleine Sanchica erinnerte sich nun einer Geschichte, welche sie von den alten Leuten der Alhambra hatte erzählen hören, und welche eine gothische Prinzessin betraf, die ein alter arabischer Zauberer in die Mitte des Berges eingeschlossen hatte, wo sie ihn durch die Gewalt der Musik in einen magischen Schlaf gebannt hielt.

Die Dame hielt erstaunt inne, als sie eine Sterbliche in dem bezauberten Saal sah. »Ist es der heilige Johannis-Abend?« sagte sie.

»So ist's«, versetzte Sanchica.

»Dann ist für eine Nacht der magische Zauber aufgehoben. Komm hierher, Kind, und fürchte dich nicht! Ich bin eine Christin, wie du, obgleich mich ein Zauber hier fesselt. Berühre mit dem Talisman, der an deinem Halse hängt, meine Fesseln, und ich werde diese Nacht frei sein.«

Bei diesen Worten öffnete sie ihre Gewänder und zeigte einen breiten goldnen Ring, der ihren Leib umschloß, und eine goldene Kette, welche sie an den Boden fesselte. Das Kind zauderte nicht, die kleine Gagathand an den goldnen Ring zu halten, und augenblicklich fiel die Kette zu Boden. Bei dem Klang erwachte der Alte und rieb sich die Augen; aber die Dame ließ ihre Finger über die Saiten der Harfe gleiten, und er fiel wieder in Schlaf und begann zu nicken und sein Stab in seiner Hand zu schwanken. »Jetzt«, sagte die Dame, »berühre seinen Stab mit deiner zauberreichen Gagathand.« Das Kind that so, und er fiel aus seiner Hand, und der Alte sank in tiefen Schlaf auf die Ottomane. Die Dame legte ihre Laute nun auf die Ottomane und lehnte sie gegen den Kopf des schlafenden Zauberers; dann berührte sie die Saiten, bis die Töne an seinem Ohr anschlugen, und sagte: »O mächtiger Geist der Musik, halte seine Sinne so gefangen, bis der Tag wiederkehrt! Nun folge mir, mein Kind«, fuhr sie fort, »und du sollst die Alhambra sehen, wie sie war in ihren glorreichen Tagen, denn du hast einen magischen Talisman, der allen Zauber enthüllt.« Stumm folgte Sanchica der Dame. Sie gingen durch die Oeffnung der Höhle in den Gang des Thores der Gerechtigkeit und von da auf die Plaza de los Algibes, oder die Esplanada innerhalb der Beste. Diese war mit maurischen Kriegern, Fußvolk und Reiterei, in Schaaren geordnet und die Fahnen entrollt, angefüllt. Auch standen an dem Portal königliche Wachen und Reihen afrikanischer Schwarzen mit gezogenen Säbeln. Niemand sprach ein Wort, und Sanchica folgte ihrer Führerin furchtlos. Ihr Staunen wuchs, als sie in den königlichen Palast trat, in welchem sie aufgewachsen war. Der helle Mondschein erleuchtete alle Säle und Höfe und Gärten, als war' es Tag, zeigte aber ein Schauspiel, das sich von dem, was sie hier zu sehen gewöhnt war, sehr unterschied. Die Wände der Gemächer waren nicht mehr von der Zeit befleckt und aufgerissen. Statt der Spinnenweben hingen reiche Seidenzeuge von Damaskus hier, und die Vergoldungen und arabischen Malereien hatten ihren ursprünglichen Glanz und ihre Frische wieder. Statt der leeren, schmucklosen Säle standen nun Divane und Ottomanen von den reichsten Stoffen da, mit Perlen besetzt und mit köstlichen Steinen ausgelegt, und alle Brunnen in den Höfen und Gärten sprangen.

Die Küchen waren wieder in voller Thätigkeit, die Köche bereiteten geschäftig Schattengerichte und rösteten und brieten die Phantome von Hühnern und Schnepfen; Diener eilten aus und ein, Silberschüsseln mit Leckereien tragend und ein kostbares Mahl herrichtend. Der Löwenhof war voller Wachen und Höflinge und Alfaquis,[2] wie in den alten Zeiten der Mauren; und an dem obern Ende des Saales der Gerechtigkeit saß Boabdil auf seinem Throne, von seinem Hofe umgeben und diese Nacht ein Schattenscepter schwingend. Ungeachtet dieses Gedränges und scheinbaren Durcheinanders war keine Stimme, kein Fußtritt zu hören; nichts unterbrach das mitternächtliche Schweigen als das Plätschern der Brunnen. Die kleine Sanchica folgte ihrer Führerin in stummem Staunen durch den Palast, bis sie an ein Thor kamen, welches zu den gewölbten Gängen unter dem großen Thurme des Comares führte. An jeder Seite des Thores saß die Gestalt einer Nymphe von Alabaster. Ihre Köpfe waren seitwärts gewendet und ihre Blicke auf dieselbe Stelle in dem Gewölbe gerichtet. Die bezauberte Dame stand still und winkte das Kind zu sich.»Hier«, sagte sie,»ist ein großes Geheimniß, und ich will es dir zum Lohn für deine Treue und deinen Muth enthüllen. Diese verschwiegenen Statuen bewachen einen großen Schatz, den ein alter Maurenkönig hier verborgen hat. Sage deinem Vater, er soll die Stelle suchen, auf welche ihre Augen gerichtet sind, und er wird etwas finden, das ihn reicher machen wird, als irgend ein Mann zu Granada ist. Deine unschuldigen Hände aber allein können, da du auch in dem Besitze des Talismans bist, den Schatz heben. Heiß deinen Vater ihn klug anwenden und einen Theil davon zum Lesen täglicher Messen für die Befreiung meiner Seele aus diesem unheiligen Zauber bestimmen.«

Als die Dame diese Worte gesprochen hatte, führte sie das Kind weiter zu dem kleinen Garten der Lindarara, der nahe bei dem Gewölbe der Statuen ist. Der Mond zitterte auf den Wellen des einsamen Brunnens in der Mitte des Gartens und goß ein zartes Licht auf die Orangen- und Citronenbäume. Die schöne Dame riß einen Myrtenzweig ab und flocht ihn um den Kopf des Kindes.»Laß dir dieß ein Andenken an das sein«, sagte sie,»was ich dir entdeckt habe, und ein Beweis von dessen Wahrheit. Meine Stunde ist gekommen,

---

[2] Maurische Priester.

– ich muß in den bezauberten Saal zurückkehren; folge mir nicht, damit dir kein Unglück begegne, – lebe wohl. Gedenke meiner Worte und laß Messen für meine Erlösung lesen!« Bei diesen Worten ging die Dame in einen dunklen Gang, der unter den Thurm des Comares führte, und war nicht mehr zu sehen.

Aus den Hütten unten an der Alhambra, in dem Darrothale, wurde jetzt das Krähen eines Hahnes schwach gehört, und ein blasser Lichtstreifen begann sich über den östlichen Bergen zu zeigen. Ein leichter Wind erhob sich, und es klang wie das Rascheln dürrer Blätter in den Höfen und Gängen, und Thüre um Thüre schloß sich mit knarrendem Tone.

Sanchica kehrte durch die Räume zurück, welche sie vor Kurzem noch mit der Schattenmenge angefüllt sah, aber Boabdil und sein Scheinhof waren verschwunden. Der Mond schien in die Säle und Gallerien, die ihres vorübergehenden Glanzes beraubt und wieder leer waren, befleckt und verderbt von der Zeit, und mit Spinnengeweben rings behangen. In dem ungewissen Licht flatterte die Fledermaus umher, und in dem Fischteich quakte der Frosch.

Sanchica eilte nun, so viel sie konnte, zu einer fernen Treppe, welche zu der ärmlichen Wohnung führte, die ihre Familie einnahm. Die Thüre war wie gewöhnlich offen, denn Lope Sanchez war zu arm, um Riegel oder Schloß zu bedürfen. Sie suchte still ihr Lager, legte den Myrtenkranz neben sich und versank alsbald in Schlaf.

Am Morgen erzählte sie ihrem Vater Alles, was ihr begegnet war. Lope Sanchez aber betrachtete das Ganze als einen bloßen Traum und lachte das Kind wegen seiner Leichtgläubigkeit aus. Er ging seiner gewöhnlichen Arbeit in dem Garten nach, war aber noch nicht lange da, als sein Töchterchen fast athemlos gelaufen kam: »Vater, Vater!« rief sie; »sieh den Myrtenkranz, den mir die maurische Dame um den Kopf gewunden hatte.«

Lope Sanchez sah mit Erstaunen hin, denn der Stengel der Myrte war von lauterm Gold, und jedes Blatt war ein funkelnder Smaragd! Da er nicht viel mit Edelsteinen zu schaffen gehabt hatte, kannte er den wirklichen Werth des Kranzes nicht, sah aber genug, um sich für überzeugt zu halten, daß er etwas Wesentlicheres sei als die Dinge, aus denen Träume gewöhnlich bestehen, und daß das Kind auf jeden Fall nicht ganz vergeblich geträumt habe. Seine erste Sorge war, seiner Tochter das unbedingteste Stillschweigen anzubefehlen; in dieser Beziehung war er jedoch sicher, denn sie war verschwiegener, als ihre Jahre und ihr Geschlecht erwarten ließen. Er ging nun in das Gewölbe, in welchem die Statuen der zwei Nymphen von Alabaster standen. Er sah, daß ihre Köpfe von dem Eingang abgewendet, und daß die Blicke einer jeden auf dieselbe Stelle in dem Innern des Gebäudes gerichtet waren. Lope Sanchez konnte diese sehr kluge Erfindung, ein Geheimniß zu bewahren, nur bewundern! Er zog eine Linie von den Augen der Statuen zu dem Punkte, auf den ihr Blick geheftet war, machte ein heimliches Zeichen auf die Wand und ging weg.

Lope Sanchez' Geist war jedoch den ganzen Tag von tausend Sorgen beunruhigt. Er konnte nicht umhin, die Statuen von fern im Auge zu behalten, und wurde fast krank aus Angst, das goldene Geheimniß möchte entdeckt werden. Jeder Fußtritt, welcher sich dem Orte näherte, machte ihn beben. Er hätte Alles darum gegeben, hätte er die Köpfe der Statuen nur wenden können, und vergaß ganz, daß sie schon mehre Jahrhunderte in derselben Richtung blickten, ohne daß darum Jemand klüger geworden wäre.

»Hol' sie der Teufel«, sagte er zu sich selbst; »sie werden Alles verrathen. Hat je ein Mensch gehört, daß man ein Geheimniß so bewahrt?« Wenn er dann Jemand kommen hörte, stahl er sich weg, als ob sein Weilen so nahe an diesem Orte Verdacht erregen könnte. Dann kehrte er vorsichtig zurück, schaute von ferne hin, um zu sehen, ob noch Alles beim Alten wäre; aber der Anblick der Statuen erweckte wieder seinen ganzen Unwillen. »Ach, da stehen sie«, sagte er, »und sehen und sehen und sehen immer dahin, wohin sie nicht sehen sollten. Wären sie beim Henker! Sie sind wie alle ihres Geschlechtes; wenn sie keine Zungen haben, mit denen sie plaudern können, so thun sie's gewiß mit ihren Augen.«

Endlich näherte sich zu seiner Freude der ängstliche Tag seinem Ende. Man vernahm keine Fußtritte mehr in den hallenden Sälen der Alhambra; der letzte fremde Besucher überschritt die Schwelle, das große Thor wurde verriegelt und verschlossen, und die Fledermaus und der Frosch und die heulende Eule übernahmen allmählich wieder ihre nächtlichen Geschäfte in dem verlassenen Palast.

Lope Sanchez wartete gleichwohl, bis die Nacht weit vorgeschritten war, ehe er sich mit seiner kleinen Tochter in den Saal der zwei Nymphen wagte. Er fand sie so verschwiegen und geheimnißvoll wie immer auf den verborgenen Schein seines Glückes schauend. »Mit Eurer Erlaubniß, holde Damen«, dachte Lope Sanchez, als er zwischen ihnen durchging, »ich will Euch von Eurem Dienste, der die vergangenen zwei oder drei Jahrhunderte so schwer auf Euern Herzen gelastet haben mag, erlösen.« Er begann sodann an dem von ihm bezeichneten Theil der Mauer seine Arbeit und öffnete nach einer kleinen Weile eine versteckte Vertiefung, in welcher zwei große Porzellankrüge standen. Er versuchte sie herauszunehmen, aber sie waren unbeweglich, bis die unschuldige Hand seines Töchterchens sie berührte. Mit ihrer Hülfe brachte er sie aus der Nische und sah zu seiner größten Freude, daß sie mit maurischen Goldstücken nebst Juwelen und Edelsteinen gefüllt waren. Vor Tagesanbruch wußte er sie in seine Stube zu bringen und verließ die zwei wachthabenden Statuen mit ihren auf die leere Wand gerichteten Augen.

So war Sanchez plötzlich ein reicher Mann geworden; aber der Reichthum brachte, wie gewöhnlich, eine Welt voll Sorgen mit sich, denen er bisher gänzlich fremd gewesen war. Wie sollte er seinen Schatz in Sicherheit bringen? Wie sollte er desselben genießen, ohne Verdacht zu erregen? Zum ersten Mal in seinem Leben erwachte jetzt auch die Furcht vor Räubern in seiner Seele. Er blickte mit Schauer und Schrecken auf die Unsicherheit seiner Wohnung und machte sich daran, Thüren und Fenster zu verschließen und zu verrammeln; gleichwohl konnte er nach allen diesen Vorsichtsmaßregeln nicht ruhig schlafen. Seine gewöhnliche Heiterkeit war dahin, er hatte für seine Nachbarn keinen Scherz und keine Lieder mehr, – kurz, er wurde das unglücklichste Geschöpf in der Alhambra. Seine alten Kameraden bemerkten seine Veränderung, bemitleideten ihn von Herzen und fingen an, sich von ihm zurückzuziehen, indem sie vermutheten, er möchte in Noch gerathen sein und Gefahr laufen, sie um Hülfe ansprechen zu müssen. Der Gedanke, daß sein ganzes Elend Reichthum sei, lag ihnen sehr fern.

Die Frau unseres Lope Sanchez theilte seine Angst, aber sie hatte dafür geistlichen Trost. Wir hätten schon früher erwähnen sollen, daß, da Lope ein etwas leichter, unbesonner, kleiner Mann war, seine Frau sich gewöhnt hatte, in allen wichtigen Gegenständen den Rath und Beistand ihres Beichtvaters, des Pater Simon, zu suchen, eines starken, breitschultrigen, blaubärtigen, rundköpfigen Mönchs aus dem nahen Franciskanerkloster, welcher in der That der geistliche Tröster der Hälfte der guten Weiber in der Umgegend war. Er stand außerdem in großer Achtung in verschiedenen Nonnenklöstern, welche ihm seine geistlichen Dienste durch häufige Geschenke von allerlei Leckereien und Spielereien, wie sie in Klöstern gemacht werden, belohnten, als da sind köstliches Eingemachtes, Zuckerbrod und Flaschen voll würziger Herzstärkungen, welche sich nach Fasten und Wachen als treffliche Erquickung auswiesen.

Pater Simon gedieh in der Ausübung seiner Pflichten. Sein öliges Gesicht glänzte in dem Sonnenschein, wenn er sich an einem heißen Tag den Hügel der Alhambra hinauf arbeitete. Bei allen Annehmlichkeiten seiner Lage zeigte aber doch das knotige Seil um seinen Leib die Strenge der Zucht, die er gegen sich selbst übte, die Menge zog die Mützen vor ihm als einem Spiegel der Frömmigkeit, und selbst die Hunde spürten den Geruch der Heiligkeit, welcher seiner Kutte entströmte, und heulten aus ihren Löchern, wenn er vorüberging.

Dieser Art war Pater Simon, der geistliche Rathgeber des holdseligen Weibes von Lope Sanchez; und da der Beichtvater der innigste Vertraute der Frauen in Spanien ist, so war er bald, natürlich ganz im Geheimen, mit der Geschichte des verborgenen Schatzes bekannt.

Der Mönch sperrte Mund und Augen auf und bekreuzte sich zwölfmal bei dieser Nachricht. Nach einer kurzen Pause sagte er: »Tochter meiner Seele! Wisse, dein Mann hat eine doppelte Sünde begangen, – eine Sünde gegen den Staat und gegen die Kirche. Der Schatz, den er so für sich behalten hat, ist in den Besitzungen des Königs gefunden worden und steht folglich der Krone zu; da er aber den Ungläubigen gehörte und gewissermaßen den Klauen des Satans entrissen worden ist, sollte er der Kirche geweiht sein. Doch läßt sich die Sache immer noch beilegen. Bringe den Myrtenkranz hierher.«

Als der gute Pater diesen sah, glänzten seine Augen mehr denn je vor Bewunderung der Größe und Schönheit der Smaragde. »Da dieses die ersten Früchte der Entdeckung sind«, sagte er, »sollte es billig frommen Zwecken geweiht sein. Ich will es in einem Schrein vor dem Bilde des heiligen Franciskus in unsrer Kapelle aufhängen und ihn noch in dieser Nacht angelegentlich bitten, daß dein Mann im ruhigen Besitze eures Reichthumes bleibe.«

Die gute Frau war froh, daß sie so wohlfeilen Kaufes ihren Frieden mit dem Himmel machen konnte, und der Mönch, der den Kranz unter seinen Mantel steckte, schritt dem Kloster mit eiligen Schritten zu.

Als Lope Sanchez nach Hause kam, erzählte ihm seine Frau, was vorgegangen war. Er war sehr ärgerlich; denn ihm fehlte der fromme Sinn seiner Frau, und er seufzte schon seit einiger Zeit über die vertraulichen Besuche des Mönchs. »Frau«, sagte er, »was hast du gethan? Du hast durch dein Plaudern Alles auf das Spiel gesetzt.«

»Was?« rief die gute Frau; »willst du mir verbieten, mein Gewissen vor meinem Beichtvater zu entladen?«

»Nein, Frau! Beichte von deinen Sünden, so viel du nur willst; aber dieses Schatzgraben ist meine Sünde, und mein Gewissen ist sehr leicht unter der Last derselben.«

Allein das Klagen half jetzt nichts mehr, das Geheimniß war nun einmal ausgeplaudert und ließ sich, wie auf den Sand gegossenes Wasser, nicht wieder zurücknehmen. Ihre einzige Hoffnung gründete sich auf die Verschwiegenheit des Mönchs.

Während Lope Sanchez am nächsten Tage draußen war, ließ sich ein leises Klopfen an der Thüre hören, und Pater Simon trat mit freundlicher, sittsamer Miene ein.

»Tochter«, sagte er, »ich habe inbrünstig zu dem heiligen Franciskus gebetet, und er hat mein Gebet erhört. In der Mitte der Nacht ist mir der Heilige im Traume erschienen, aber sein Antlitz zürnte. »Höre«, sagte er, »du betest zu mir, um Vergebung wegen dieses heidnischen Schatzes zu erhalten, während du die Armuth meiner Kapelle siehst? Gehe in das Haus des Lope Sanchez, bitte ihn in meinem Namen um einen Theil des maurischen Goldes, um zwei Leuchter für den Hauptaltar zu kaufen, und laß ihn das Uebrige in Frieden besitzen.«

Als die gute Frau von dieser Erscheinung hörte, kreuzte sie sich ehrerbietig, ging zu dem geheimen Plätzchen, wo Lope seinen Schatz verborgen hatte, und füllte einen großen ledernen Beutel mit Stücken maurischen Goldes und gab ihn dem Mönch. Dagegen ertheilte der Mönch Segen genug, um, wenn der Himmel ihn auslöst, ihr Geschlecht bis in die spätesten Zeiten zu bereichern, ließ dann den Beutel in den Aermel seiner Kutte gleiten, faltete seine Hände über seiner Brust und schied mit einer Miene demüthiger Dankbarkeit.

Als Lope Sanchez von diesem zweiten der Kirche gemachten Geschenke hörte, gerieth er fast außer sich. »Ich unglücklicher Mann«, rief er, »was soll aus mir werden? Ich werde stückweise beraubt; ich werde zu Grunde gerichtet und an den Bettelstab gebracht werden!«

Nur mit großer Mühe konnte ihn seine Frau beruhigen, indem sie ihn an den ungeheuern Reichthum erinnerte, welcher ihm noch verblieb, und ihn fühlen ließ, wie gütig es von dem heiligen Franciskus sei, sich mit einem spärlichen Antheil zu begnügen.

Unglücklicherweise hatte Pater Simon eine Anzahl armer Verwandte, für welche gesorgt werden mußte, einiger halben Dutzend starker, rundköpfiger Waisen- und verlassener Findelkinder nicht zu gedenken, die er unter seinen Schutz genommen hatte. Er wiederholte daher von Tag zu Tag seine Besuche und seine Bitten zum Besten des heiligen Dominikus, des heiligen Andreas, des heiligen Jakob, bis der arme Lope in Verzweiflung gerieth und fand, daß, wenn er sich dem Bereich des frommen Mönchs nicht entzöge, er jedem Heiligen des Kalenders Sühnopfer würde bringen müssen. Er beschloß daher, den ihm noch bleibenden Schatz zusammenzupacken, heimlich in der Nacht aufzubrechen und in einen andern Theil des Königreichs zu ziehen.

Voll von diesem Plane kaufte er ein starkes Maulthier und band es in einem dunkeln Gewölbe unten in dem Thurme der sieben Stockwerke an, an derselben Stelle, wo der Belludo, d. h. das Kobold-Pferd ohne Kopf, um Mitternacht herauskommen und durch die Straßen von Granada, gefolgt von einer Meute Höllenhunde, rennen soll. Lope Sanchez schenkte der Geschichte wenig Glauben, benutzte aber die dadurch erweckte Furcht; denn er wußte wohl, daß sich Niemand leicht in den unterirdischen Stall des Gespenster-Rosses wagen würde. Im Laufe des Tages schickte er seine Familie mit dem Befehle weg, ihn in einem entfernten Dorfe der Vega zu erwarten. Als die Nacht vorrückte, brachte er seinen Schatz in das Gewölbe unter dem Thurm, belud sein Maulthier damit, führte es heraus und leitete es vorsichtig den dunkeln Weg abwärts.

Der ehrliche Lope hatte diese Maßregeln in der größten Stille genommen und sie Niemandem als dem treuen Weibe seines Herzens mitgetheilt. Durch irgend eine wunderbare Offenbarung jedoch waren sie dem Pater bekannt geworden. Der eifrige Mönch sah diese heidnischen Schätze auf dem Punkte, seinen Krallen auf immer entrissen zu werden, und beschloß, zum Besten der Kirche und des heiligen Franciskus noch einen Griff in dieselben zu thun. Als daher die Glocken zu den *animas*[3] geläutet hatten und die ganze Alhambra still war, schlich er sich aus seinem Kloster, eilte durch das Thor der Gerechtigkeit nieder und verbarg sich im Dickicht der Rosen und Lorbeeren, welche den großen Zugang säumen. Hier blieb er und zählte die Viertelstunden, wenn die Uhr auf dem Wartthurme schlug, und lauschte auf das schauerliche Geheul der Eulen und das ferne Bellen der Hunde aus den Zigeunerhöhlen.

Endlich hörte er Fußtritte und sah durch das Düster der überschatteten Bäume etwas, das wie ein Lastthier aussah, den Weg herabkommen. Der stämmige Mönch schmunzelte bei dem Gedanken, welchen klugen Streich er dem guten Lope zu spielen im Begriffe stehe.

Er band seine Kutte auf und krümmte sich wie eine Katze, die eine Maus auf dem Korne hat, und harrte so, bis sein Raub gerade vor ihm war, wo er aus seinem laubigen Versteck hervorbrach, eine Hand auf das Schulterblatt, die andere auf das Kreuz des Esels legte, einen Sprung machte, der dem geübtesten Stallmeister zur Ehre gereicht hätte, und sich rittlings auf dem Thiere festsetzte. »Aha«, sagte der Mönch, »jetzt wollen wir sehen, wer das Spiel am besten versteht.« Er hatte diese Worte kaum ausgesprochen, als das Thier anfing auszuschlagen, sich zu bäumen und Sätze zu machen, und dann in vollem Laufe den Berg hinabschoß. Der Mönch versuchte

---

[3] Animas, das Abendgeläute, um an die Fürbitte für die Seelen im Fegfeuer zu erinnern.

das Thier aufzuhalten, aber vergebens. Es sprang von Fels zu Fels, von Busch zu Busch; des Mönchs Kutte war in Fetzen zerrissen und flatterte im Winde; sein geschorner Schädel erhielt manchen harten Schlag von den Baumästen und manche Schramme von dem Gesträuch. Um seinen Schrecken und Jammer zu vermehren, sah er eine Meute von sieben Hunden in vollem Bellen an seinen Fersen, und bemerkte zu spät, daß er sich wirklich auf den schrecklichen Belludo geschwungen hatte.

Fort stürmten sie in Windeseile den großen Weg hinab, über die Plaza Nueva, den Zacatin entlang, um die Vivairambla, – nie flogen Jäger und Hund so pfeilschnell dahin, oder machten einen so höllischen Lärm. Vergebens rief der Mönch jeden Heiligen des Kalenders an und die gebenedeite Jungfrau obendrein: so oft er einen Namen dieser Art nannte, wirkte es wie ein frischer Spornstoß und verursachte, daß der Belludo einen haushohen Satz machte. Den übrigen Theil der Nacht hindurch wurde der unglückliche Pater Simon dahin und dorthin und wohin er nicht wollte geführt, bis jeder Knochen an seinem Leibe mürbe war und er sich so schändlich wund geritten hatte, daß man es kaum zu sagen vermag. Wieder ging es über die Vivairambla, den Zacatin, die Plaza Nueva und den Brunnenweg, und die sieben Hunde heulten und bellten und schnappten nach den Fersen des erschreckten Paters. Der erste Morgenstrahl schoß empor, als sie den Thurm erreichten; hier schlug das Kobold-Pferd kräftig hinten aus, schickte den Mönch mit einem Purzelbaum durch die Luft und stürzte, gefolgt von der höllischen Meute, in das dunkle Gewölbe, und ein tiefes Schweigen folgte dem eben noch so betäubenden Lärm.

Ist jemals einem Mönche solch ein verteufelter Streich gespielt worden? Ein Bauer, der mit der Dämmerung an seine Arbeit ging, fand den unglücklichen Pater Simon am Fuße des Thurmes unter einem Feigenbaume liegen, aber so zerquetscht und zerschellt, daß er weder sprechen, noch sich regen konnte. Er wurde mit aller Sorgfalt und Aufmerksamkeit in seine Zelle geführt, und das Gerücht verbreitete sich, Räuber hätten ihn angegriffen und mißhandelt. Ein oder zwei Tage vergingen, ehe er wieder zum Gebrauche seiner Glieder kam; er tröstete sich mittlerweile mit dem Gedanken, daß er, obgleich ihm das Maulthier mit dem Schatz entgangen war, doch vorläufig einen guten Theil von der heidnischen Beute wegbekommen hätte. Als er sich wieder bewegen konnte, war es seine erste Sorge, unter seinem Lager zu suchen, wo er den Myrtenkranz und die ledernen Beutel mit Gold, die er der Frömmigkeit der Frau Sanchez abgezwungen, verborgen hatte. Wie groß aber war sein Jammer, als er sah, daß der Kranz wirklich nur ein verwelkter Myrtenkranz und die ledernen Beutel mit Sand und Geröll gefüllt waren!

Pater Simon hatte bei all seinem Schmerze die Klugheit zu schweigen, da das Verrathen des Geheimnisses ihn bei dem Publikum nur lächerlich gemacht und die Strafe seines Vorgesetzten auf ihn herabgezogen haben würde. Erst viele Jahre später, auf seinem Todesbett, entdeckte er seinem Beichtvater seinen nächtlichen Ritt auf dem Belludo.

Von Lope Sanchez hörte man lange nach seinem Abzug aus der Alhambra durchaus nichts. Man erinnerte sich seiner stets gern als eines fröhlichen Genossen, obgleich man aus dem Gram und der Schwermuth, welche er kurz vor seiner geheimnißvollen Abreise in seinem Benehmen zeigte, schließen zu müssen glaubte, Armuth und Unglück habe ihn zu einem verzweifelten Entschluß gebracht. Einige Jahre später wurde einer seiner alten Freunde, ein invalider Soldat, der zu Malaga war, von einem sechsspännigen Wagen umgeworfen und fast überfahren. Der Wagen hielt an; ein alter, reich gekleideter Herr, mit einem Degen und Haarbeutel, stieg aus, um dem armen Invaliden beizustehn. Wie groß war des Letztern Erstaunen, als er in diesem vornehmen Kavalier seinen alten Freund Lope Sanchez erkannte, der eben die Vermählung seiner Tochter Sanchica mit einem der ersten Granden des Landes feierte!

In dem Wagen saß das Brautpaar. Da war auch Frau Sanchez, die jetzt so rund geworden war wie ein Faß und Federn und Juwelen und Halsbänder von Perlen und Diamantschmuck und Ringe an jedem Finger und einen Kleiderputz trug, den man seit den Zeiten der Königin von Saba nicht mehr gesehen hatte. Die kleine Sanchica war jetzt zur Frau herangewachsen, und nach ihrer Anmuth und Schönheit hätte man sie für eine Herzogin, ja geradezu für eine Prinzessin halten können. Der Bräutigam saß neben ihr, – ein etwas abgelebter, spindelbeiniger kleiner Mann, aber das bewies schon, daß er von ächtem Geblüte war, – denn ein wahrer spanischer

Grande hat selten mehr als vier Fuß Höhe. Die Mutter hatte die Heirath zuwege gebracht.

Der Reichthum hatte das Herz des ehrlichen Lope nicht verderbt. Er behielt seinen alten Kameraden mehrere Tage bei sich, bewirthete ihn wie ein König, nahm ihn mit in Schauspiele und Stiergefechte und sandte ihn endlich ganz beglückt nach Haus, mit einem dicken Sacke Geldes für sich und einem andern, den er unter seine alte Freunde in der Alhambra vertheilen sollte.

Lope pflegte zu erzählen, ein reicher Bruder sei ihm in Amerika gestorben und habe ihm eine Kupfermine hinterlassen; aber die verschlagenen Plaudertaschen der Alhambra bestanden darauf, sein Reichthum rühre von nichts Anderm her als dem Umstande, daß er das von den zwei alabasternen Nymphen der Alhambra bewahrte Geheimniß entdeckt habe. Es wird bemerkt, daß diese zwei höchst verschwiegenen Statuen bis auf den heutigen Tag ihre Augen sehr bedeutungsvoll auf dieselbe Stelle in der Wand gefesselt halten, was Manchen glauben läßt, es sei noch irgend ein Schatz, welcher der Aufmerksamkeit eines unternehmenden Reisenden werth sein möchte, dort verborgen; obgleich andere, und vorzüglich weibliche Besucher sie mit großem Wohlgefallen als stete Monumente der Thatsache betrachten, daß Frauen ein Geheimniß zu bewahren vermögen.

Über tredition

Eigenes Buch veröffentlichen

tredition wurde 2006 in Hamburg gegründet und hat seither mehrere tausend Buchtitel veröffentlicht. Autoren veröffentlichen in we-
nigen leichten Schritten gedruckte Bücher, e-Books und audio-
Books. tredition hat das Ziel, die beste und fairste Veröffentli-
chungsmöglichkeit für Autoren zu bieten.

tredition wurde mit der Erkenntnis gegründet, dass nur etwa jedes
200. bei Verlagen eingereichte Manuskript veröffentlicht wird. Dabei hat jedes Buch seinen Markt, also seine Leser. tredition sorgt
dafür, dass für jedes Buch die Leserschaft auch erreicht wird.

Im einzigartigen Literatur-Netzwerk von tredition bieten zahlreiche
Literatur-Partner (das sind Lektoren, Übersetzer, Hörbuchsprecher
und Illustratoren) ihre Dienstleistung an, um Manuskripte zu ver-
bessern oder die Vielfalt zu erhöhen. Autoren vereinbaren direkt
mit den Literatur-Partnern die Konditionen ihrer Zusammenarbeit
und partizipieren gemeinsam am Erfolg des Buches.

Das gesamte Verlagsprogramm von tredition ist bei allen stationä-
ren Buchhandlungen und Online-Buchhändlern wie z. B. Amazon
erhältlich. e-Books stehen bei den führenden Online-Portalen (z. B.
iBookstore von Apple oder Kindle von Amazon) zum Verkauf.

Einfach leicht ein Buch veröffentlichen: **www.tredition.de**

Eigene Buchreihe oder eigenen Verlag gründen

Seit 2009 bietet tredition sein Verlagskonzept auch als sogenanntes "White-Label" an. Das bedeutet, dass andere Unternehmen, Institutionen und Personen risikofrei und unkompliziert selbst zum Herausgeber von Büchern und Buchreihen unter eigener Marke werden können. tredition übernimmt dabei das komplette Herstellungs- und Distributionsrisiko.

Zahlreiche Zeitschriften-, Zeitungs- und Buchverlage, Universitäten, Forschungseinrichtungen u.v.m. nutzen diese Dienstleistung von tredition, um unter eigener Marke ohne Risiko Bücher zu verlegen.

Alle Informationen im Internet: **www.tredition.de/fuer-verlage**

tredition wurde mit mehreren Innovationspreisen ausgezeichnet, u. a. mit dem Webfuture Award und dem Innovationspreis der Buch Digitale.

tredition ist Mitglied im Börsenverein des Deutschen Buchhandels.

Dieses Werk elektronisch lesen

Dieses Werk ist Teil der Gutenberg-DE Edition DVD. Diese enthält das komplette Archiv des Projekt Gutenberg-DE. Die DVD ist im Internet erhältlich auf **http://gutenbergshop.abc.de**

Zeitfracht Medien GmbH
Ferdinand-Jühlke-Straße 7
99095 Erfurt, Deutschland
produktsicherheit@kolibri360.de